워렌 부인의 직업

워렌 부인의 직업

Mrs Warren's Profession

조지 버나드 쇼 지음

이원경 옮김

좋은땅

옮긴이 머리말

   이 희곡은 아일랜드 태생의 영국 극작가 조지 버나드 쇼가 1893년에 쓴 것으로, 어느 여름날 오후 영국 런던 남쪽 근교에서 시작해서 사흘 뒤 런던에서 마무리되는 이야기를 담았다. 당시로서는 새로운 여성상이라고 불릴만한 두 여성 즉, 교육을 별로 받지 못했지만 나름의 주관으로 삶을 개척해 나간 어머니와 이제 막 케임브리지 대학을 졸업한 딸이 주요 등장인물이다. 그동안 딸은 어머니가 하는 일을 모르다가 결국 알게 되었다. 모녀는 각자, 상대가 자신이 바라는 삶을 살아야 한다고 여긴다. 둘은 장차 어떤 결정을 내릴까? 작가는 왜 이 작품을 써서 대중과 검열기관으로부터는 '부도덕하고 파렴치한 작가'로 낙인찍힌 반면, 진지한 독자들 사이에서는 명성이 높아지게 되었을까?

2023년 2월 이원경

차례

옮긴이 머리말 ・5

등장인물 ・7

제1막 ・8
제2막 ・37
제3막 ・72
제4막 ・97

옮긴이 덧붙이는 말 ・128

참고문헌 ・141

등장인물

- **비비 워렌(비범)**: 22세.
- **워렌 부인(키티)**: 40대, 비비의 어머니.
- **프레드(프레디)**: 50세, 건축가, 예술지상주의자.
- **프랭크 가드너**: 20세.
- **새뮤얼 가드너(샘)**: 50대, 목사, 프랭크의 아버지. 아들로부터 수시로
  보스라 불린다.
- **조지 크로프츠(조지 경)**: 47세, 준남작(세습이 가능한 최하위의 귀족),
  워렌 부인의 동업자.

제1막

(영국 서리 지역 헤슬미어의 남쪽으로 약간 내려온 곳에 언덕이 하나 자리하고 있다. 언덕의 동쪽 사면에 있는 한 오두막에 딸린 정원의 여름날 오후 장면이다. 언덕을 마주보는 오두막은 지붕과 현관을 이영으로 이었는데 정원의 왼쪽 모서리에 보이고, 현관의 왼편에는 큰 격자 창문을 냈다. 오른편에 있는 대문을 제외하면 정원은 말뚝 박힌 울타리로 둘러싸였다. 울타리 너머로는 공유지가 언덕 위로 솟아 스카이라인을 이룬다. 천으로 된 접이식 정원 의자 몇 개가 현관 안의 벤치에 기대어 있다. 창문 아래에는 여성용 자전거가 벽에 기대어 섰다. 현관의 오른편에는 그물침대가 두 기둥 사이에 매달렸다. 커다란 천 우산이 땅에 박힌 채 그물침대에 햇볕을 막아 준다. 그물침대에는 젊은 여자가 누워서 책을 읽으며 뭔가를 쓰는데, 여자의 머리는 오두막을, 발은 대문을 향한다. 그물침대 앞에는 팔이 닿을 만한 거리에 평범한 부엌의자가 놓였다. 의자 위에는 내용이 따분해 보이는 책과 필기용지가 얼마쯤 놓였다.)

(공유지 위를 걸어오던 한 신사가 오두막의 뒤편에서 시야에 들어온다. 아직 중년을 넘기진 못한 듯한 신사는 예술가의 분위기를

풍기는데, 격식에 얽매이진 않았지만 조심스럽게 고른 옷을 차려입었으며, 코밑수염을 제외하곤 면도를 깨끗하게 했다. 얼굴에는 진지하고 예민한 표정이 담겼으며, 태도에는 붙임성 있고 사려 깊은 인상이 묻어난다. 머리칼은 비단결처럼 보드랍고 검은 한편, 잿빛과 하얀빛의 웨이브를 이룬다. 길을 모르는 듯, 울타리 위로 집 안을 기웃거리며 젊은 여자를 바라본다.)

신사 (모자를 벗으며) 실례합니다만 앨리슨 부인 댁으로 가는 길을 가르쳐 주시겠습니까?

젊은 여자 (책에서 눈을 떼고는 치켜보더니) 여기가 바로 앨리슨 부인* 댁입니다. (하던 일을 계속한다).

신사 저런! 그럼 당신이 비비 워런 양인지 여쭤봐도 될는지요?

젊은 여자 (신사를 제대로 보기 위해 팔꿈치에 의지해 몸을 돌리며 매서운 어조로) 맞는데요.

신사 (기세가 꺾여 달래는 듯한 어조로) 방해가 되지 않을는지요. 제 이름은 프레드입니다. (비비는 즉각 의자 위로 책을 던지고서, 그물 침대 밖으로 나온다) 이런! 방해하고 싶진 않은데요.

비비 (문 쪽으로 성큼성큼 걸어가서 문을 열어 주며) 들어오세요, 프레드 씨. (신사가 들어온다) 뵙게 되어 반갑습니다. (손을 내밀어 신사의 손을 단호하면서도 스스럼없이 움켜쥔다. 비비는 나이

---

* (이하 옮긴이 주) 앨리슨 부인은 비비가 하숙하는 오두막의 주인이다.

가 스물 둘인데, 분별 있고, 유능하며, 고등교육을 받았으며, 젊고 매력적인 중산층 영국 여성의 본보기이다. 게다가 기민하고, 강하며, 자신감 있고, 침착하기까지 하다. 옷맵시를 말하자면, 평범하면서도 실용적이지만 시대에 뒤떨어지진 않는다. 허리에 두른 쇠사슬 장식 줄에는 만년필과 종이 자르는 칼*이 달렸다).

프레드 정말 친절하시군요, 워렌 양. (비비는 '쾅' 하고 소리가 나도록 기운차게 문을 닫는다. 프레드는 악수로 살짝 저린 손을 쥐었다 폈다 하며 정원의 가운데로 들어선다) 모친께선 도착하셨나요?

비비 (저돌적인 태세를 재빠르면서도 분명히 감지하고는) 우리 엄마가 온다고요?

프레드 (놀라며) 아가씨는 우리를 기다리고 계시지 않았나요?

비비 아니요.

프레드 이런, 맙소사. 제가 날짜를 잘못 기억한 게 아니면 좋겠군요. 저는 그런 사람이니까요. 모친은 런던에서 오셔서, 호샴에서 오는 저를 아가씨한테 소개하기로 하셨거든요.

비비 (조금도 반갑지 않은 투로) 엄마가 그러셨다고요? 흠! 우리 엄마는 틀림없이 불쑥 들이닥치려는 거예요. 아마도 엄마가 없는 동안 제가 범절에 맞춰 사는지 보려고 그랬을 거예요. 이처럼 엄마가 사전에 저와 상의도 없이 약속을 준비했으니, 저도 조만간

---

* paper knife: 당시의 책은 면이 접힌 채 제본되었으므로, 읽으려면 접힌 부분을 먼저 칼로 잘라야 했다.

엄마한테 불쑥 들이닥칠 걸 상상하게* 되네요.

프레드 (당황하여) 정말 죄송합니다.

비비 (불쾌감을 던져 버리고는) 본인 잘못도 아니잖아요. 그리고 와주셔서 무척 기뻐요. 제가 엄마 친구들 중에서 모셔와 달라고 부탁했던 분은 프레드 씨뿐인 걸요.

프레드 (안심이 되고 기쁘기도 해서) 아, 정말로 친절하시군요, 워렌 양!

비비 실내로 들어가시겠어요? 아니면 이대로 밖에서 이야기하는 게 나을까요?

프레드 여기가 더 좋을 것 같은데요, 그렇지 않은가요?

비비 그럼 가서 의자를 가져올게요. (정원 의자를 가지러 현관으로 들어간다).

프레드 (그녀를 따르며) 아, 제발, 제발, 제가 하게 해주세요. (의자에 손을 얹는다).

비비 (그가 의자를 잡게 놔두며) 손가락을 주의하세요. 의자가 종종 말썽을 부리거든요. (책이 있던 의자에 다가가서 책을 그물침대에 던져 넣고는 의자를 한 동작에 앞으로 옮겨 온다).

프레드 (막 의자를 펼쳐놓고는) 아, 그 딱딱한 의자를 저한테 주세요. 전 딱딱한 게 좋거든요.

---

* 비비가 어머니한테 불쑥 들이닥치는 일을 상상할 수밖에 없는 까닭이 있다. 그녀는 어머니인 워렌 부인의 직업은커녕 사는 곳도 모른다.

비비 저도 그래요. 그냥 앉으세요, 프레드 씨. (권유에는 상냥하면서도 단호함이 담겼는데, 프레드가 비비를 기쁘게 하려고 조바심을 냈기 때문에, 비비가 그의 성격 중 취약한 부분을 알아채고 만다. 그러나 그는 이 권유에 즉각 응하지는 않는다).

프레드 그런데 모친을 마중하러 역에 나가 봐야 하지 않을까요?

비비 (냉정하게) 왜죠? 길을 아시는데요.

프레드 (당황하여) 어, 아시겠지요. (앉는다)

비비 있잖아요, 프레드 씨는 제가 예상한 그대로예요. 저와 친구가 되어 주시길 바라요.

프레드 (다시 희색이 만면해서) 고맙습니다, 친애하는 워렌 양. 감사합니다. 아! 모친께서 아가씨를 그릇 키우지 않아서 무척 다행입니다.

비비 어떻게 그릇 키우지 않았다는 말씀인가요?

프레드 글쎄, 지나치게 인습적(因襲的)인 사람으로 키우진 않았다는 말이죠. 친애하는 워렌 양. 나는 타고난 무정부주의자입니다. 권위를 싫어합니다. 그건 부모자식 관계를 망치지요. 심지어 모녀관계도 그렇고요. 모친이 아가씨를 대단히 인습적으로 길렀을까 봐 나는 늘 걱정했답니다. 그렇게 하지 않은 걸 알게 되니 무척 안심이 되는군요.

비비 아! 제가 비인습적으로 처신했던가요?

프레드 아, 아닙니다. 적어도 틀에 박힌 듯 비인습적이지는 않았지요*, 이해하시겠지만. (그녀는 끄덕이며 앉는다. 그는 진심으로 감정이 우러나서) 저와 친구가 되어 주길 바라신다니 정말 마음이 고우십니다. 아가씨 같은 젊은 현대여성들은 멋져요. 정말 멋집니다!

비비 (미심쩍은 어조로) 뭐라고요? (그가 정말로 지능과 인격이 빼어난 인물일지에 대해 실망감이 솟구치는 가운데 그를 바라보며).

프레드 내가 아가씨만 한 나이 때에는, 젊은 남녀는 서로를 두려워했지요. 좋은 친교라는 게 없었어요. 진실한 게 아니었어요. 소설을 흉내 내어 보여 주는 정중함, 극도로 통속적이고 꾸며낸 태도 등이 있었지요. 숙녀의 사양! 신사의 기사도정신! 속마음은 "예"이면서, 입으로는 늘 "아니요"라고 말했지요. 수줍고 순수한 영혼을 가진 이들에게는 연옥일 뿐이었어요.

비비 맞아요, 끔찍한 시간낭비였을 게 상상되네요. 특히 여자들의 시간요.

프레드 아, 삶의 낭비고 모든 것의 낭비였어요. 하지만 상황은 좋아지고 있어요. 그러니까 아가씨가 케임브리지 대학에서 놀라운 성취를 거두었다는 걸 들은 후로 나는 아가씨를 만난다고 흥분상태에 빠져 있었어요. 저희시대에는 들어보지 못한 성취 말입

---

* 프레드의 표현 not conventionally unconventionally를 직역하면 '인습적으로 비인습적이진 않았지요'인데, 작가의 현란한 말솜씨를 보여 준다.

니다. 수학교과시험*에서 3등을 차지했다는 건 정말 대단한 겁니다. 그러니까 딱 알맞은 등수지요. 그 시험의 1등은 늘 몽상적이거나 병적인 친구들이 차지하는데, 이들의 상황은 질환의 단계에까지 내몰립니다.

비비 득도 안 돼요. 같은 돈을 받고는 다시는 그런 일은 하지 않겠어요.

프레드 (깜짝 놀라) 같은 돈!

비비 그래요. 50파운드죠**. 아마도 무슨 뜻인지 모르시겠지요. 뉴넘 대학***의 제 지도교수인 래섬 부인이 엄마한테 말해주셨답니다. 제가 전심전력을 다하기만 하면 수학교과시험에서 이름을 떨칠 수 있을 거라고요. 당시의 신문 지면은 그 시험에서 수석****을

---

* 수학교과시험: 케임브리지 대학의 Mathematical Tripos를 말한다. 원래 하나의 수학교과이지만, 이 교과의 끝에 치는 시험을 주로 일컫는다. 전자기학의 선구자인 제임스 맥스웰이 2등에 머물렀다는 시험이다.

** 토마 피케티[1]에 따르면, 일차대전 전까지 파운드화의 가치는 거의 변동이 없었다고 한다. 당시 1파운드는 건강한 노동자의 주급 정도였다고 한다. 그러니 50파운드는 노동자의 연봉에 가깝다. 1899년 런던조폐창에서 발행한 소버린(1파운드) 금화는 무게가 7.99그램 중이며 순도는 91.7%였다. 이 금화를 금의 가치만으로 보면 7.99×0.917=7.33그램 중=1.95돈=1.95×341,000원/돈=약 67만 원이다. 따라서 50파운드=50×67=3370만 원이니 현재 우리나라 노동자 연봉으로 근사할 수 있을지 모르겠다.

*** Newnham 대학: 케임브리지 대학에서 두 번째로 오래된 여자대학.

**** 앞 페이지에선 1등(the first wrangler)이라고 했고, 여기선 수석(the senior wrangler)이라고 했는데 같은 것이다.

차지한 사람보다 나은 성적을 거둔 필리파 써머스[*] 소식으로 도배할 정도였으니까요. 물론 그 일을 기억하시겠지요.

프레드 (머리를 힘차게 흔들며) !!!

비비 이런, 어쨌든, 엄마는 실행하셨어요. 제가 필리파 써머스와 같은 성취를 해내는 것 말고는 엄마를 기쁘게 할 만한 일은 없었으니까요. 저는 엄마한테, 장차 교직 방면으로 일하고 싶지도 않으니, 하기 싫은 공부에 매달릴 가치가 없다고 딱 잘라 말했지요. 하지만 50파운드만 주면 4등 정도는 도전해 보겠다고 제안하고 말았어요. 엄마는 좀 투덜대더니 제안에 응했고요. 결국 약속보다 나은 성적을 거둔 셈이지요. 만약 다시 한다면 그 조건으로는 안 했을 거예요. 제 등수면 200파운드는 받아야 해요.

프레드 (크게 기가 눌려) 이런! 사안을 바라보는 매우 실용적인 관점이로군요.

비비 제가 비실용적인 인물일 걸로 기대하셨나요?

프레드 하지만 이런 영예를 성취하다 보면, 대가를 치러야 한다는 점뿐만 아니라 교양을 갖게 된다는 점도 고려하는 것은 분명히 실용적이지요.

---

[*] 필리파 써머스(Phillipa Summers)는 수학으로 이름을 떨친 여성으로 언급된 것인데 실명이 아니다. 1890년 수학교과시험에서 뉴넘 대학의 필리파 개럿 포셋(Philippa Garrett Fawcett, 1868-1948)은 가장 빼어난 성적을 거두었음에도 수석을 차지하지 못했다. 당시에는 남성만 등위에 포함되었기 때문이다. 작가는 두 '필리파'에서 l과 p의 개수를 일부러 달리했다[2].

비비 교양이라고요! 친애하는 프레드 씨. 수학교과시험이 뭔지 알고나 있나요? 하루에 6시간 내지 8시간씩 수학만, 오로지 수학만 죽어라 들이파는 걸 말합니다. 제가 과학에 대해서 뭔가 알아야 마땅할 테지만, 과학과 관련 있는 수학 외에는 전혀 아는 게 없답니다. 공학자, 전기기사, 보험회사 등을 위해 계산해 줄 수는 있지만 공학, 전기학, 보험에 대해서는 아는 게 없다시피 합니다. 심지어 계산법도 잘 모릅니다. 저는 수학 공부하고 잔디밭에서 테니스 치고, 먹고, 자고, 자전거 타거나 산책하는 것 말고는 그 시험을 치지 않은 어떤 여성보다도 무지하답니다.

프레드 (못마땅해져서) 그 무슨 끔찍하고, 지독하고, 천박한 제도란 말입니까! 저는 알고 있었습니다. 그 제도가 여성을 아름답게 만드는 모든 요소를 망가뜨리고 만다는 걸 바로 알아차렸습니다.

비비 그 점 때문에 시험제도에 불만인 건 전혀 아닙니다. 저는 그걸 잘 활용할 겁니다. 장담합니다.

프레드 흥! 무슨 수로요?

비비 런던 시내에 사무실을 열어서 보험계리와 양도증서 업무를 시작할 겁니다. 게다가 늘 증권거래소에도 관심을 두어 법률을 공부할 거예요. 여기에 온 건 혼자 힘으로 법률을 공부하러 온 것이지, 엄마가 상상하는 휴가를 위해서가 아닙니다. 저는 휴가가 싫어요.

프레드 아가씨가 내 피를 싸늘하게 하는군요. 살아가면서 낭만도 아름다움도 눈에 들어오지 않는다는 뜻입니까?

비비 그 따위 것에는 아무 관심도 없어요. 장담합니다.

프레드 진심은 아니겠지요.

비비 아, 진심이에요. 일하고 대가를 받는 게 좋아요. 일하다가 지치면, 편안한 의자에 앉아서 담배나 피우고 위스키나 마시면서 재미있는 추리소설 읽는 걸 즐긴답니다.

프레드 (격렬히 부인하는 태도로 일어서며) 믿을 수가 없군요. 저는 예술가입니다. 믿을 수도 없고 믿기를 거부합니다. 아가씨는 예술이 자신 앞에 펼쳐놓을 수 있는 세계가 얼마나 아름다운지 깨닫지 못했을 뿐이라고요.

비비 아니요. 전 깨달았어요. 지난 5월부터 6주 동안 런던에서 호노리아 프레이저*와 함께 지냈어요. 엄마는 우리가 함께 런던 시내관광을 하는 걸로 생각했지요. 하지만 사실 저는 챈서리 골목에 있는 호노리아의 변호사사무실에 매일 출근했어요. 그녀를 위해 보험계리 일을 열심히 하면서, 초보사원이 애쓰는 만큼만 도왔지요. 저녁에는 우리는 담배를 피면서 얘기도 나눴고요. 운동할 때를 빼곤 외출은 꿈도 꾸지 않았습니다. 그렇지만 삶에서 더 나은 적이 없을 정도로 즐겼어요**. 저는 이제 모든 비용을 청산했으며, 추가비용을 낼 필요도 없이 이 사업에 가담하게 되었답니다.

---

* Honoria Fraser: 비비의 친구인 변호사. 비비는 친구로부터 업무를 배우는 중이다.
** 비비가 어머니를 만족시키기 위해 힘든 학창 시절을 보냈음을 암시한다.

프레드 저런, 워렌 양, 그걸 두고 예술을 깨달았다고 말씀하신 겁니까?

비비 잠깐만요. 아직 시작도 안 했는데요. 피츠존가의 몇몇 예술가들한테 초대받아 시내에 간 적이 있습니다. 그중에 한 여자가 뉴넘 대학 동창이었어요. 그들은 저를 국립 미술관에도 데려갔고,

프레드 (인정한다는 뜻을 보이며) 아!! (훨씬 안심하며 앉는다).

비비 (계속하며) 오페라에도,

프레드 (여전히 더 기뻐하며) 좋지요!

비비 악단이 베토벤과 바그너 등을 저녁내 연주하던 음악회에도 데리고 갔지요. 프레드 씨가 저한테 무얼 준대도 그런 체험을 견뎌내고 싶지는 않네요. 사흘째까지는 예의로 참아 주었지요. 그 후에는 더 이상 참을 수 없다고 솔직하게 말해 주곤 챈서리 골목으로 돌아왔어요. 이제는 제가 얼마나 완벽히 멋진 젊은 현대여성*인지 아시겠죠. 프레드 씨가 보시기엔 제가 엄마와 잘 지낼 것 같은가요?

프레드 (깜짝 놀라서) 글쎄요, 제가 바라기는, 어-

비비 바라는 게 아니라 확신하시는 것을 알고 싶을 뿐입니다.

프레드 글쎄요, 솔직히 말하자면, 모친이 약간 실망하실까 봐 염려되는군요. 아가씨가 무슨 약점이 있어서가 아니라는 뜻이죠. 하지만 아가씨는 그분의 이상과는 너무 다르니까요.

비비 그분의 뭐요?!

---

* 비비는 프레드의 표현을 흉내 내어 그 표현에 반감을 드러낸다.

프레드 그분의 이상.

비비 엄마가 가지고 있는 저에 대한 이상을 말씀하시나요?

프레드 그래요.

비비 그게 도대체 뭔데요?

프레드 글쎄요, 워렌 양, 자녀 훈육에 만족할 수 없는 사람들이 어떻게 생각하는지 알고 계시겠지요. 그 사람들은, 모두가 아주 달리 훈육된다면 세상이 더 좋아질 거라고 생각한다는 것을요. 지금 모친의 삶은, 아가씨가 알고 있다고 짐작합니다만,

비비 아무것도 짐작하지 마세요, 프레드 씨. 저는 엄마에 대해 아는 게 없다시피 해요. 어린 시절 이래로 영국에서 지낸 저는 학교의 기숙사에 살거나, 돌봐 주는 대가로 돈을 받는 사람들과 함께 살아왔어요. 평생을 남이 지은 밥을 먹고산 셈이지요. 엄마는 브뤼셀이나 비엔나에서 살아왔는데, 저를 한 번도 자기한테 다녀가게 하지 않으셨어요. 저는 오로지, 런던에 다니러 오시는 며칠 동안만 엄마를 만날 수 있었고요. 불평하는 게 아니에요. 나름 즐거웠어요. 사람들이 아주 잘 대해 주기도 했고, 일을 매끄럽게 하기에 충분한 돈이 있었기 때문이지요. 하지만 제가 엄마에 대해 뭔가를 알고 있을 거라고 넘겨짚진 마세요. 프레드 씨보다는 아는 게 훨씬 적으니까요.

프레드 (몹시 불편해서) 그런 경우, (어쩔 줄을 몰라서 멈추고 만다. 그리고는 억지로 쾌활함을 꾸며내어서) 하지만 우린 지금 말

도 안 되는 소리를 하고 있군요! 물론 아가씨와 모친은 서로 잘 맞을 거예요. (일어서서 여기저기 경치를 보며) 정말 멋진 곳에 사시는군요.

비비 (움직임 없이) 화제를 갑자기 바꾸시는군요, 프레드 씨. 왜 우리 엄마의 삶은 화제로 삼아선 안 되죠?

프레드 아, 그렇게 말씀하시면 안 됩니다. 옛 친구에 대해 따님에게 몰래 말해 주는 일에 대해 조심하는 것은 자연스럽지 않습니까? 모친이 오시면, 두 분께서 그 점에 대해 이야기 나눌 기회가 충분히 있을 겁니다.

비비 아니에요. 엄마는 그 점에 대해 이야기하지 않을 거예요. (일어서며) 하지만, 감히 말하자면, 프레드 씨로선 말하지 못할 충분한 사유가 있겠지요. 다만 하나만 명심하세요, 프레드 씨, 엄마가 제 챈서리 골목 계획을 아시면 대판 싸움이 예상된다는 점 말이에요.

프레드 (마음이 불편해서) 그럴까봐 염려되는군요.

비비 전 반드시 이기고 말 거예요. 생계를 꾸리기 위해 호노리아 밑에서 일하러 런던으로 갈 차비 말고는 아무 것도 바라는 게 없으니까요. 게다가 저한테는 숨겨야 할 비밀이 없지만 엄마는 있어 보이니까요. 필요하면 그 이점을 이용할 거예요.

프레드 (크게 충격을 받고) 아, 안 돼요! 아니, 제발. 그래서는 안 됩니다.

비비 그럼 왜 안 되는지 말씀해 주세요.

프레드 말할 수 없습니다. 아가씨의 선의에 호소합니다. (그녀는 그의 감상적인 처신에 미소 짓는다) 게다가 아가씨는 너무 대담합니다. 그분은 한번 화가 나면 결코 만만한 상대가 아닙니다.

비비 협박해 봐야 소용없어요. 챈서리 골목에 있을 때, 우리 엄마와 제법 닮은 한두 여자를 가늠해 볼 기회가 있었어요. 프레드 씨가 저를 응원하실 수는 있겠지요. 하지만 얼떨결에 제가 필요 이상으로 강하게 공격한다면, 사실을 밝히길 거부한 분은 프레드씨 본인이라는 점을 잊지 마세요. 이제 그 이야기는 그만하시죠. (의자를 집어서, 전과 같이 박력 있는 한 동작에 그물침대 옆으로 옮겨 놓는다).

프레드 (결의를 다지며) 아가씨한테 한마디만 더 해 주는 게 낫겠네요, 위렌 양. 대단히 어렵습니다만.

(워렌 부인과 조지 크로프츠 경이 문 앞에 도착한다. 웨렌 부인은 나이가 40에서 50 사이이며, 옛날에는 한 미모 했겠으며, 멋진 모자에, 화사한 블라우스를 화려하게 차려입고 있다. 이 블라우스는 상반신을 꽉 조이게 맞춘 데다, 한창 유행하는 소맷자락을 둘러 만든 것이다. 부인은 응석받이로 자란 티가 있으며, 위세를 부리고, 뚜렷이 상스럽기까지 한 데다, 전반적으로 보아 상냥스러울 때도 있지만 불량기 있는 여자다.)

(크로프츠는 키가 크고 체격이 건장한 나이 50쯤인 남자로, 유행

하는 옷을 젊은이 식으로 입고 있다. 콧소리를 내는 동시에, 자신의 당당한 체격에 어울리지 않게 새된 소리를 낸다. 깨끗이 면도된 사각턱과 크고 납작한 귀, 굵은 목으로 보자면 극도로 거친 유형의 도시 남자와 스포츠를 좋아하면서 사교적인 남자의 분위기를 갖는데다가 신사처럼 보이기도 한다).

비비 드디어 오시네요. (정원으로 들어서는 그들에게 다가가며) 안녕하세요. 엄마. 프레드 씨가 반시간가량 기다리셨어요.

워렌 부인 글쎄, 기다리셨다니 프레디, 당신 잘못이에요. 제가 3시 10분 기차로 도착하리란 걸 알고 계신 걸로 생각했는데요. 비비야, 모자를 쓰렴, 볕에 그을겠다. 아, 소개하는 일을 잊었구나. 조지 크로프츠 경, 제 귀여운 비비예요.

(크로프츠는 극히 정중한 태도로 비비에게 다가간다. 비비는 고개를 끄덕여 인사하지만 악수하기 위해 움직이지는 않는다).

크로프츠 명성으로는 익히 들었지만, 오랜 친구의 따님께 악수해도 되겠소?

비비 (그를 아래위로 날카롭게 응시하며) 원하신다면.

(비비는 크로프츠가 상냥하게 내민 손을 꽉 쥐어 상대가 눈을 번쩍 뜨게 한다. 그러곤 외면하며 자신의 어머니에게 말한다) 들어가실래요? 아니면 의자 두 개 더 내올까요? (의자를 가지러 현관으로 들어간다).

워렌 부인 자, 조지, 저 애를 어떻게 생각하세요?

크로프츠 (불쌍한 얼굴로) 손아귀 힘이 대단하군. 자네도 저 애와 악수했나, 프레드?

프레드 했네. 곧 괜찮아질 걸세.

크로프츠 그러길 바라네. (비비가 의자 두 개를 가지고 나타난다. 그는 그녀를 도우려고 서두른다) 내가 해드리리다.

워렌 부인 (선심을 쓰는 척) 조지 경이 하시게 하렴, 얘야.

비비 (그의 팔을 향해 의자들을 던져 주며) 여기 있습니다. (손에서 먼지를 털며 워렌 부인을 향해) 차 드실 거죠?

워렌 부인 (프레드가 앉았던 의자에 앉고는 부채질을 하며) 마실 게 몹시 당기는구나.

비비 찾아볼게요.* (오두막으로 들어간다)

(조지 경은 그동안 의자 하나를 워렌 부인 왼쪽 옆에 펼쳐서 설치한다. 다른 하나를 잔디밭에 던지고는 앉는다. 지팡이의 손잡이를 물고 있는데, 기가 꺾인 듯 바보 같아 보인다. 프레드는 그들 오른편의 정원에서 걱정스러워 안절부절못하고 있다).

워렌 부인 (크로프츠를 바라보며 프레드에게) 이이를 좀 봐요, 프레디. 이이가 기분 좋아 보이는 거 맞죠? 이이는 저 귀여운 애를 만나게 해 달라고 지난 삼 년간이나 나를 졸랐답니다. 이제는 소원을 풀었는데, 엄청 당황해하는군요. (힘차게) 이봐요, 바로 앉

---

* 워렌 부인이 말한 마실 것에는 차뿐만 아니라 술 등도 포함되므로, 비비가 찾아보겠다고 말한 것이다. 비비는 하숙생이지 집주인이 아니므로 이 집의 살림에는 익숙하지 않다는 뜻이다.

아요, 조지. 그 지팡이는 입에서 빼내시고요. (크로프츠는 부루퉁해서 시키는 대로 한다).

프레드 이런 말을 한다고 언짢아하지는 않겠지만, 우리가 저 애를 어린애로 보는 습관에서 벗어나는 게 좋겠어요. 저 애는 이미 어떤 경지를 이루었어요. 내가 살펴본 바로는 저 애가 우리 중 누구보다 노련하다는 걸 안 믿을 수가 없군요.

워렌 부인 (크게 재미있어하며) 저 사람 말을 들어 보세요, 조지. 우리 중 누구보다 노련하다고요! 저 애가 당신한테 제 자랑을 잔뜩 들이부었군요.

프레드 하지만 젊은이들은 그런 식으로 대접받는 것에 대해 특히 과민하답니다.

워렌 부인 그래요. 게다가 젊은이들은 자신에게서 모든 바보짓을 몰아내야 해요. 그러고도 더 많은 것들을요. 개입하지 마세요, 프레디. 내 자식을 어떻게 대접해야 하는지를 나도 당신만큼 안다고요. (프레드는 근심스럽게 고개를 저으며 뒷짐을 지고 정원을 거닌다. 워렌 부인은 웃는 체하지만, 제법 근심하며 그의 뒤를 지켜본다. 그러곤 크로프츠에게 속삭인다.) 저 사람 왜 저래요? 저 사람이 무슨 일로 저렇게 생각하게 되었죠?

크로프츠 당신은 프레드를 두려워하고 있어요.

워렌 부인 뭐라고요! 내가! 친애하는 옛 친구 프레드를 두려워해요! 왜죠? 파리도 두려워하지 않을 저 사람을.

크로프츠 당신이 프레드를 두려워하고 있다고.

워렌 부인 (화가 나서) 골 부리지 말고, 당신 일에나 신경 쓰지 그 래요. 어쨌거나 난 당신은 두려워하지 않아요. 상냥하게 대해 주 기 싫으면 집으로 돌아가세요. (일어서서 몸을 크로프츠에게서 돌리고 프레드와 마주 본다) 이리 와요, 프레디, 이게 다 당신이 다정다감하기 때문이란 걸 알아요. 당신은 내가 저 애한테 으르 댈까 봐 걱정하는 거예요.

프레드 친애하는 키티. 내가 당신을 거스른다고 생각하겠지요. 그 런 건 상상도 마세요. 제발 마세요. 하지만, 있잖아요, 나는 무언 가가 당신한테서 빠져나가는 걸 종종 목격한답니다. 그리고 당 신은 내 충고를 결코 받아들이지 않았지만, 받아들였어야 한다는 걸 나중에야 시인하곤 했지요.

워렌 부인 자, 이번엔 무얼 목격하셨나요?

프레드 단지 비비가 성숙한 여인이란 거요. 제발, 키티, 저 애를 모 든 면에서 존중으로 대접해 줘요.

워렌 부인 (진심으로 놀래서) 존중! 내 딸을 존중으로 대접하라고. 다음은 또 뭘 해야 하는지 말해 주세요, 제발.

비비 (현관에서 모습을 보이고는 워렌 부인을 부르며) 엄마, 차 드 시기 전에 제 방으로 좀 와 주시겠어요?

워렌 부인 그러마, 애야. (프레드의 진지함을 비웃어 넘기고는, 현 관으로 들어가는 길에 그의 옆을 지나가며 뺨을 토닥여 준다) 성내지 말아요, 프레디. (그녀는 비비를 따라 현관 안으로 들어간다).

크로프츠 (살그머니) 이보게, 프레드.

프레드 응.

크로프츠 좀 특별한 질문을 하고 싶네.

프레드 알겠네. (워렌 부인이 앉았던 의자를 들고 크로프츠의 옆으로 가서 앉는다).

크로프츠 이게 좋군. 창문으로 우리 이야기를 들을지도 모르니. 이보게, 키티가 자네한테 저 애의 아버지가 누군지에 대해 모든 걸 말해 주던가?

프레드 전혀.

크로프츠 그게 누군지 의심 가는 사람이라도 있나?

프레드 아니.

크로프츠 (그를 믿지 않으며) 물론 들은 걸 말하고 싶지 않는 건 이해하네. 저 애를 우리가 매일 봐야 하는데 그 점에 대해 확신하지 못하니 거북하구만. 앞으로 우리가 저 애에 대해 어떤 감정을 가져야 할지 모르겠네.

프레드 그게 무슨 차이를 만드는가? 저 애 자신의 가치로 대하면 되지. 아버지가 누군지가 뭐 그리 대순가?

크로프츠 (의심하여) 그럼 누군지 자넨 아는가?

프레드 (약간 화가 치밀어) 방금 아니라고 말했네. 내 말 못 들었나?

크로프츠 이보게, 프레드. 호의를 특별히 베풀어 달라고 부탁하는 걸세. 자네가 안다면, (프레드가 저항하는 몸짓을 보인다) 말 좀 하세, 안다면, 저 애에 대해 품고 있는 내 마음을 편안하게 해 줄지도 모르네. 사실 난 저 애의 매력에서 헤어나지 못하고 있다네.

프레드 (무섭게) 무슨 뜻인가?

크로프츠 아, 놀라지 말게. 이건 아주 순수한 감정일세. 이 감정 때문에 골치가 아프다네. 내가 알기로는, 웬일인지 내가 저 애의 아버지일지도 모른다는 거야.

프레드 자네가! 어림없네.

크로프츠 (그를 교묘하게 붙잡으며) 아니란 걸 자네가 어찌 아나?

프레드 난 그 점에 대해 아는 게 하나도 없네. 자네만큼 모른다니까. 하지만, 정말, 크로프츠, 아니야. 말이 안 돼. 전혀 닮지도 않았어.

크로프츠 닮은 것으로 말하자면, 제 어머니도 닮지 않은 걸로 보여. 저 애가 자네 딸은 아니라고 보는데, 맞지?

프레드 (분개하여 일어서며) 정말, 크로프츠!

크로프츠 악의는 없었네, 프레드. 사내끼리는 충분히 나눌 수 있는 얘길세.

프레드 (애써 진정하고는 부드러우면서도 진지하게 말하며) 자, 내 말을 듣게, 친애하는 크로프츠. (다시 앉는다).
워렌 부인 삶의 그런 면모에 대해서, 나는 아무 관계가 현재에도 없고, 과거에도 없었네. 부인은 그 점에 대해선 한마디도 없었어.

물론 나도 부인에게 말을 꺼낸 적이 없었고. 자네 감정이 민감해진 건, 미모를 갖춘 여인이 연애감정과 무관한 친구 몇쯤 필요하다는 걸 말해주는 셈이지. 부인은 자신의 미모가 주는 심적 부담에서 이따금 달아나지 않았더라면 고통을 겪었을 것이네. 아마도 자네는 나에 비하면 키티와 훨씬 친밀한 사이일 걸세. 정녕코 자네는 그녀에게 직접 물어볼 수 있을 거네.

크로프츠 충분히 자주 물어봤지. 그녀는 저 애를 독점하려는 의식이 너무 확고해서, 아이의 아버지가 존재한다는 사실마저도 가능한 한 부인한다는 걸세. 그 점만 생각하면 마음이 조금도 편치 않네, 프레드.

프레드 (역시 일어서며) 자, 아무튼 자네가 저 애의 아버지가 되기에 충분히 원숙한 사람이니, 보호하고 도울 수밖에 없는 한 여자애에 지나지 않는 비비 양을 우리가 부모의 입장으로 대하자는 데 동의하겠네.

크로프츠 (공격적으로) 그런 식으로 말하자면, 내가 자네보다 원숙한 건 아니지*.

프레드 아니야, 원숙한 게 맞아. 친애하는 친구여, 자넨 나이보다 원숙하고, 난 나이보다 미숙하지. 하지만 난 성인 남자로서 삶에서 지금만큼 자신감을 가져 본 일이 없다네. (의자를 접어들고 현관으로 향한다).

---

* 이 표현으로 크로프츠는 자신이 프레드보다 나이가 적다는 걸 상기시키기도 한다.

워렌 부인 (오두막 안에서 부르며) 프레디! 조지! 차!

크로프츠 (서둘러서) 우리를 부르는군. (서둘러 집으로 들어선다).

(프레드는 불길한 듯이 고개를 저으며 크로프츠를 따른다. 그때 젊은 신사가 공유지에서 나타나 큰 소리로 반갑게 인사하며 문으로 다가온다. 그는 갓 스물을 넘겼는데, 유쾌해 보이는 데다, 미끈한 외모에, 말쑥하게 차려입었지만, 한량기가 보인다. 목소리는 매력적이지만 태도에는 무례함이 드러난다. 그는 가벼운 스포츠용 연발 소총을 들었다).

젊은 신사 안녕하세요! 프레드!

프레드 이런, 프랭크 가드너 아닌가! (프랭크가 들어서며 정중하게 악수한다) 도대체 여긴 웬일인가?

프랭크 아버지와 함께 지냅니다.

프레드 그 가부장적 아버지* 말이지.

프랭크 여기서 교구 목사를 맡고 계시죠. 이번 가을엔, 경제적 이유로 부모님과 함께 지내려고요. 지난 7월에 상황이 심각해졌어요. 결국 그 가부장적 아버지가 제 빚을 다 갚아주셨죠. 그 결과 아버지도 저처럼 빈털터리가 되셨고요. 여긴 웬일이세요? 이 집 사람들과는 아는 사이인가요?

프레드 그렇네. 워렌 양과 하루를 보내고 있지.

---

* 프레드가 사용한 표현은 '그 로마식 아버지(the Roman father)'였는데, 고대 로마에서는 가부장적 아버지가 모범적 아버지의 전형이었다고 한다. 이 표현으로 보아 프레드는 프랭크의 아버지에 대해 어느 정도는 알고 있는 모양이다.

프랭크 (열광적으로) 뭐라고요! 비비를 아세요? 걔 재미있는 애 아니에요? 걔한테 이것 다루는 법을 가르치고 있어요. (소총을 내려 놓으며) 비비가 당신을 안다니 기뻐요. 걔는 당신 같은 분과 사귀어 봐야 해요. (미소를 지으며 노래 부르듯이 음성을 높이며 외쳐 댄다) 여기서 만나게 되다니 정말 재미있군요, 프레드.

프레드 걔 모친과는 오랜 친구 사이지. 워렌 부인은 자기 딸과 알고 지내라고 나를 불렀다네.

프랭크 어머니라고요! 여기 계셔요?

프레드 그렇다네. 안에서 차 마시는 중일세.

워렌 부인 (안에서 부르며) 프레디! 과자 식어요.

프레드 (부르며) 그래요, 워렌 부인. 곧 갈게요. 친구를 만났소.

워렌 부인 누구요?

프레드 (크게) 친구.

워렌 부인 모시고 들어오세요.

프레드 좋아요. (프랭크에게) 초대에 응하지 않겠나?

프랭크 (의심스러워하는 한편, 몹시 즐거워서) 저분이 비비네 어머닌가요?

프레드 그렇네.

프랭크 정말 재미있네요. 저분이 날 좋아할까요?

프레드 여느 때처럼 인기 있을 걸 의심치 않네. 들어와서 알아보게. (집으로 움직이며)

프랭크 잠깐만. (심각해져서) 은밀히 해 줄 말이 있어요.

프레드 제발, 그만두게. 레드힐*의 술집여자 따위에 대한 뻔한 얘기일 테지.

프랭크 그보단 심각한 이야기라니까요. 비비를 처음 봤다고 하셨지요?

프레드 그러네.

프랭크 (열정적으로) 그럼 저 애가 어떤 앤지 전혀 모르시겠군요. 개성에, 감각에. 게다가 영리하기까지. 아, 세상에, 프레드, 정말 저 애는 영리해요. 계속해 줘요? 저 애는 날 사랑한다고요.

크로프츠 (창문 밖으로 고개를 내밀며) 이보게, 프레드, 뭐 하고 있나? 들어오게. (사라진다).

프랭크 잠깐만! 잘 차려 입은 모습으로 보건대 애완견 대회에서 상 좀 타 본 사람 맞죠**? 저 사람 누구예요?

프레드 조지 크로프츠 경이지. 워렌 부인의 오랜 친구일세. 같이 들어가는 게 낫겠는데.

　(두 사람이 현관으로 같이 들어가는 도중 문에서 누가 부르는 소리에 멈춰 돌아보니, 웬 성직자가 문 위로 집을 들여다본다).

성직자 (부르며) 프랭크!

프랭크 어서 오세요! (프레드에게) 그 가부장적 아버지예요. (성직

---

* Red Hill: 헤슬미어의 동편에 위치한 작은 도시.
** 창문 밖으로 고개를 내민 채로, 초면인 프랭크에 대한 관심을 표하지도 않고 할 말을 쏟아낸 사람을 낮춰 보는 심정이 담겼다.

자에게) 예, 보스[*]. 알았어요. 곧 갑니다. (프레드에게) 잠깐만요, 프레드, 먼저 들어가서 차 들고 계셔요. 바로 따라 들어가지요.

프레드 좋아. (그는 오두막으로 들어간다).

(성직자가 문밖에 서서 문 꼭대기를 잡고 있다. 영국국교회의 성직록을 받는 새뮤얼 가드너 목사는 쉰은 넘은 나이다. 겉모습으로는 젠체하고, 요란하고, 거드름을 피우는 사람으로 보인다. 자신의 아버지 덕분에 목사 자리를 차지하게 된 그는 집안의 애물단지로 실은 시대에 뒤떨어진 인물이다. 그는 아버지로서뿐만 아니라 성직자로서 자신을 요란하게 드러내고 싶은 사람이지만, 양쪽 어디에서도 존경받지 못한다).

목사 글쎄, 인마. 여기 네 친구들은 도대체 누군지 물어봐도 되느냐?

프랭크 아, 괜찮아요, 보스, 들어오세요.

목사 싫다, 인마. 누구네 정원인지 알기 전에는 들어가지 않으련다.

프랭크 괜찮아요. 여긴 워렌 양네 집이에요.

목사 걔는 여기 오고는 교회에서 한 번도 본 적이 없는데.

프랭크 물론 못 보셨겠죠. 걔는 삼등 수상잔데요. 얼마나 지적인데요. 아버지보다 더 높은 학위도 땄는데^{**}, 아버지 설교를 뭐 하

---

*   프랭크는 아버지를 수시로 보스(gov'nor)라고 부른다. 또 아버지는 아들을 인마(sir)라고 부른다. 부자관계가 예사롭지 않음을 말해 준다.
** 실은 비비는 학위(BA)를 따지 못했다. 당시 케임브리지 대학은 옥스퍼드 대학과 마찬가지로 여성에게 교육은 제공했지만 학위는 수여하지 않았다[2]. 프랭크가 물정에 어둡다는 것이 드러나는 장면이다.

러 들으러 가겠어요.

목사 본데없이 굴지 마라, 인마.

프랭크 아, 관계없어요, 듣는 사람도 없는데요, 뭘. 들어오세요. (프랭크는 문을 열고 아버지의 팔을 잡아 정원 안으로 버릇없이 끌어당긴다.) 아버지한테 걔를 소개하고 싶어요. 지난 7월에 저한테 해 주신 충고 기억하세요, 보스?

목사 (심각하게) 그래. 게으르고 경솔한 습관을 깡그리 몰아내서 명예로운 직업을 구한 후, 그 직업을 바탕으로 네 힘으로 먹고살 생각을 해야지, 더 이상 아버지한테 손 벌릴 생각일랑 말라고 충고했지.

프랭크 아니요. 그전에 하신 말씀 말예요. 저는 두뇌도 돈도 없으니 잘생긴 외모를 십분 활용해서, 둘 다 가진 사람과 결혼하는 게 나을 거라고 분명히 말씀하셨지요. 자, 보세요. 워렌 양이 두뇌를 가졌다는 점은 부인하지 못하시겠지요.

목사 두뇌가 다는 아니다.

프랭크 그렇지요. 물론 두뇌가 다는 아니지요. 돈이 있지요.

목사 (그를 엄하게 가로막으며) 돈이 중하다는 게 아니다, 인마. 더 높은 것, 가령 사회적 지위 따위를 말한 거다.

프랭크 저는 그 따위 것에는 조금도 관심이 없어요.

목사 하지만 난 관심이 있다, 인마.

프랭크 글쎄, 아무도 아버지더러 그 애와 결혼하라는 사람은 없어요. 그 애는 케임브리지 학위를 딸 만한 두뇌도 가졌지요, 돈도 자기가 원하는 만큼은 가진 걸로 보여요.

목사 (반농담조가 되어) 그 애가 돈을 네가 원하는 만큼 가졌는지는 심히 의심스럽구나.

프랭크 아, 자, 저는 낭비벽이 심한 편은 아닙니다. 저는 조용히 살고 있어요. 술도 안 마시고, 내기도 별로 안 하고, 아버지가 제 나이쯤에 자주 어울리셨던 요란한 자리에는 거의 가지 않습니다.

목사 (힘 준 목소리로 희미하게) 조용히 해라, 인마.

프랭크 제가 레드힐의 술집여자 때문에 바보 같은 짓을 했을 때, 아버지가 옛날 어떤 여자한테 써 준 편지가 화근이 되어 50파운드를 주기로 제안한 적이 있다는 얘길 저한테 해 주셨지요.

목사 (질려서) 쉬이, 프랭크, 하느님 맙소사! (목사는 염려가 되어 주위를 둘러본다. 주변에 듣는 사람이 없는 걸 확인하고는, 용기를 돋우어서는 힘 준 목소리로 더 차분히), 네가 한 번 저지른 실수로 평생을 뉘우치며 살게 될까 봐 교훈으로 삼으라고 내 비밀을 털어놓았는데, 너는 그걸 비신사적으로 이용하는구나. 아버지의 어리석은 처신을 거울로 삼을 일이지, 인마, 변명의 구실로 삼지는 마라.

프랭크 웰링턴 공작이 쓴 답장에 대한 이야기를 듣지 못하셨나요?

목사 아니, 인마, 듣고 싶지도 않다.

프랭크 공작은 50파운드를 주지도 않았어요. 그는 단지 이렇게 답장을 보냈을 뿐이죠. "친애하는 제니*, 공개해라. 이 빌어먹을 년아, 당신의 친애하는 웰링턴으로부터." 아버지도 이렇게 하셨어야지요.

목사 (애처롭게) 프랭크, 내 아들아, 내가 편지를 썼을 때는 나를 그 여자의 손아귀에 맡긴 셈이었다. 너한테 편지 이야기를 털어 놓았으니 말하긴 뭣하다만, 어느 정도는 나를 네 손아귀에 넘겨 준 셈이로구나. 여자는 내 돈을 받지도 않았고 내게 잊을 수 없는 말만 남겼단다. 여자는 이렇게 말했다. "아는 것이 힘이에요. 하지만 난 그 힘을 팔지 않겠어요."

20년도 더 지난 일이다만, 그 후로 여자는 자신의 힘을 사용하지도 않았고 한순간도 나를 불편하게 한 일이 없었단다. 그런데 너는 여자보다 더 지독하게 구는구나, 프랭크.

프랭크 그럼, 좋아요. 감히 말씀드리죠. 매일 저한테 훈계하는 방식으로 그 여자한테도 훈계해 보셨나요?

목사 (속이 상해서 거의 울음이 터질 지경으로) 가야겠다, 인마. 넌 구제불능이야. (목사는 대문으로 돌아선다).

프랭크 (철저히 냉정하게) 집에 가시거든 저는 차를 여기서 마신다고 전해 주실 거죠, 보스. (프랭크는 오두막 현관으로 가다가 나오는 프레드와 비비를 만난다).

---

* 워털루 전투에서 나폴레옹을 무찌른 웰링턴 공작(1769-1852)과 정부 해리엇 윌슨 (Harriette Wilson) 사이에는 비슷한 일화가 있었다고 한다. 물론 제니는 작가가 지어낸 이름이다.

비비 (프랭크에게) 너희 아버님이시니, 프랭크? 정말 인사드리고
싶어.

프랭크 얼마든지. (제 아버지를 부르며) 보스, 인사드리겠다는 사
람이 있어요. (목사는 대문에서 몸을 돌리고 모자를 조심스럽게
만지작거린다. 프랭크는 두 사람 사이에 정중한 인사가 있을 걸
기대하고서 미소를 지으며 정원을 건너 맞은편으로 간다) 우리
아버지시고, 워렌 양입니다.

비비 (목사에게 다가가서 악수하며) 가드너 씨, 만나 뵈어 반갑습
니다. (오두막을 향해 부르며) 엄마, 나와 보세요. 손님 오셨어요.
(워렌 부인이 입구에 나타나서는 목사를 알아보고 순식간에 놀라
서 얼어붙는다).

비비 (계속하며) 소개할게요.

워렌 부인 (가드너 목사에게 달려들며) 목사님이 되신 샘 가드너
씨로군요! 아이구, 이럴 수가! 우릴 모르세요, 샘? 이분은 틀림없
이 조지 크로프츠 씨고요. 절 기억 못 하시겠어요?

목사 (얼굴이 몹시 빨개지며) 어, 전 정말.

워렌 부인 물론 기억하시겠죠. 이런, 당신이 보내 주신 편지를 모은 앨
범을 여전히 간직하고 있어요. 일전에도 그걸 우연히 보게 된 걸요.

목사 (비참할 만큼 혼란스러워하며) 분명 바바사워 양이시죠.

워렌 부인 (큰 귓속말로 재빨리 정정하며) 쯧! 말도 안 돼! 워렌 부
인이에요. 저기 제 딸 안 보이세요?

제2막

(해는 졌고 오두막 안이다. 밖에서 볼 때는 서쪽을 바라던 격자창
문이, 안에서는 동쪽을 바라는 셈인데* 커튼을 쳐 두었다. 오두막
정면 벽의 가운데에 창문이 보이고, 그 왼편에 현관문이 자리한다.
왼편 벽에는 부엌으로 가는 문이 달렸다. 벽의 더 안쪽에는 서랍장
이 놓였다. 서랍장 위에는 초와 성냥이 있고, 이들 옆에는 프랭크의
총이 서 있는데, 총신이 접시선반에 기대어 있다. 방 가운데에는 탁
자가 하나 놓였고, 그 위에는 등이 켜있다. 창문의 오른편에는 테이
블이 벽에 붙어 있는데 비비의 책과 필기자료가 그 위에 놓였다. 방
의 오른편에는 불을 피우지 않은 벽난로가 자리했는데, 곁에는 등
받이가 높은 벤치가 놓였다. 테이블의 오른쪽과 왼쪽에는 의자가
하나씩 놓였다.)

(오두막의 문이 열리자 밖으로는 멋진 별빛이 연출하는 밤풍경이
보인다. 워렌 부인이 딸한테 빌린 숄을 어깨에 두른 채 들어오자,
프랭크가 뒤따라 와서는 창문 옆 의자에 모자를 던져 둔다. 부인은

---

* 창문이 제1막에선 관객을 향했지만, 무대가 실내로 바뀐 지금은 관객의 맞은편을
  향한다는 말이다.

산책을 실컷 했으므로 안도의 한숨을 내쉬며 핀을 뽑고는 모자를 벗는다. 핀을 모자의 정수리 부분에 꽂고는 모자는 탁자 위에 얹어 둔다.)

워렌 부인 맙소사. 시골 생활 중 제일 따분한 게 산책하는 건지 아니면 집에 하릴없이 들어앉아 있는 건지 모르겠어. 여기서 할 수 있는 게 그 정도뿐이라면, 위스키하고 소다가 있으면 그나마 낫겠어.

프랭크 아마 비비한테 얼마쯤 있겠지요.

워렌 부인 말도 안 돼! 어린 여자애가 그깟 걸로 뭐 하게! 신경 쓰지 마, 없어도 괜찮으니. 걔가 여기서 시간을 어떻게 보내는지 궁금하군. 난 차라리 비엔나에 있는 게 훨씬 나았을 거야.

프랭크 제가 거기로 모셔드리지요. (그는 그녀가 숄을 벗도록 친절하게 도우면서 어깨를 유난히 꼭 쥔다).

워렌 부인 아! 그래 주겠니? 너를 보니 부전자전을 떠올리게 되는구나.

프랭크 내가 우리 보스를 닮아요? (숄을 가까운 의자에 걸쳐두고 앉는다).

워렌 부인 마음에 두지 마라. 네가 그런 일에 대해 뭘 알겠니? 겨우 애일 뿐인데. (그녀는 솔깃한 기분에서 벗어나기 위해 난로 쪽으로 다가간다).

프랭크 저랑 비엔나에 가 주시겠어요? 그러면 참 재미있을 텐데요.

워렌 부인 고맙지만 사양하마. 비엔나는 너한테 어울리는 곳이 아니란다. 나이가 더 들면 몰라도. (그녀는 충고를 강조한다는 뜻으로 그에게 고개를 끄덕인다. 프랭크는 표정으로는 애처로운 척했지만, 눈웃음으로는 그게 아니란 걸 드러낸다. 그녀는 그를 바라보고는 되다가온다) 자, 보렴, 도련님아. (두 손으로 그의 얼굴을 감싸서 자신을 향해 돌리며) 네가 너희 아버지를 닮았으니 난 너를 충분히 잘 알고 있단다. 네가 자신에 대해 아는 것보다 더 많이 말이다. 나에 대해 쓸데없는 생각일랑 하질 마라. 듣고 있니?

프랭크 (목소리로 그녀한테 아양을 떨며) 어쩔 수가 없어요, 워렌 부인. 집안 내력인데요.

(부인은 그의 뺨을 때리는 시늉을 하다간, 프랭크가 예쁘게 웃으며 얼굴을 쳐든 모습에 끌려 잠시 바라본다. 마침내 인내심을 잃고 그에게 뽀뽀하고는 이내 돌아선다).

워렌 부인 이런, 하지 말아야 했는데. 장난으로 한 거니 신경 쓰지 마라, 얘야. 단지 엄마 같은 마음으로 뽀뽀했을 뿐이란다. 가서 비비하고나 어울리렴.

프랭크 그렇게 하고 있어요.

워렌 부인 (그를 향해 몸을 돌리며 경악한 목소리로) 뭐라고!

프랭크 비비와 난 사이좋게 지내요.

워렌 부인 무슨 뜻이냐? 자, 이봐. 난 웬 젊은 한량이 내 귀여운 딸을 희롱하게 내버려 두지 않을 거야. 듣고 있니? 그럴 순 없어.

프랭크 (꽤나 태연히) 친애하는 워렌 부인, 마음 놓으시죠. 제 의
도는 순수하답니다. 순수하고말고요. 댁의 귀여운 따님은 자신을
참 잘 지켜 내고 있답니다. 비비를 지키는 데는 어머니를 지키는
데 필요한 수고의 반만큼도 들일 필요가 없다고요. 걔 외모가 그
리 매력적이지 않다는 건 아실 테지만.

워렌 부인 (프랭크가 거리낌 없이 털어놓자 깜짝 놀라서) 얼굴에
뻔뻔함이 덕지덕지 붙었구나. 그런데 그걸 누구한테서 물려받았
는지는 모르겠다. 어쨌든 네 아버지는 아니야.

크로프츠 (정원에서) 집시들일 테지?

목사 (대답하며) 마당비를 매는 사람들은[*] 훨씬 안 좋지.

워렌 부인 (프랭크에게) 쉿! 명심해! 입조심하고!

(크로프츠와 새뮤얼 가드너 목사는 정원에서 들어온다. 목사는
얘길 계속한다).

목사 윈체스터 순회재판에서 나온 위증은 통탄할 일이지.

워렌 부인 아니, 어떻게 두 분만 오시죠? 프레디와 비비는 어쩌고?

크로프츠 (모자는 벤치에 얹고, 지팡이는 굴뚝 모퉁이에 세워 두
고) 둘은 언덕으로 가더군. 우린 마을로 갔고. 한잔하고 싶어서
말이야. (그는 벤치에 앉아서 두 다리를 쭉 펴곤 좌석 위로 얹는
다).

---

[*] 목사가 사용한 단어 broomsquires는 집시 등 불법 점거자를 이르는 이름이다.

워렌 부인 아니, 걘 나한테 말을 하고 갔어야지. (프랭크에게) 아버지께 의자를 양보하렴, 프랭크, 예의는 어디다 둔 거니? (프랭크가 발딱 일어나 제 의자를 아버지한테 정중히 권하곤, 벽에 있는 의자를 가져다 방 가운데 탁자 옆에 앉으니, 오른편에 있는 아버지와 왼편에 있는 워렌 부인 사이에 자리한다) 조지, 오늘 어디서 묵을 거죠? 여기선 안 돼요. 프레디는 어쩔대요?

크로프츠 목사님이 날 재워 주신다는군.

워렌 부인 아무렴, 제 몸 하나는 잘 챙기시는군요. 프레디는 어쩌고요?

크로프츠 모르겠어. 여관에서 잘 테지.

워렌 부인 프레디도 재워 주실 수 없나요, 샘?

목사 글쎄, 어, 이곳 교구목사인 나로선 마음대로 할 수도 없으니. 어, 프레드 씨의 사회적 지위는 뭐요?

워렌 부인 아, 괜찮은 분이에요. 건축가고요. 아니, 무슨 케케묵은 소릴 하는 거예요, 샘.

프랭크 그래요, 좋은 분이에요, 보스. 그는 웨일즈에다 공작네 저택도 지었고요. 카나번성(城)이라고들 하지요. 들어 보셨을 텐데요. (부인에게 재빨리 눈을 깜빡이고는 아버지를 말없이 바라본다).

목사 아, 그런 경우라면 기꺼이 재워 드려야지. 그럼 공작님과도 사적으로 아는 사이일 테지.

프랭크 아, 엄청 친하죠. 조지나*가 쓰던 방을 내주면 되겠군요.

워렌 부인 그럼, 그 문제는 해결됐고. 이제 이 사람들이 오면 저녁을 드십시다. 두 사람이 이렇게 어두울 때까지 밖에 있어선 안 되는데.

크로프츠 (대들듯이) 두 사람이 이 시간에 밖에 있어서 당신한테 무슨 해가 된단 말이오?

워렌 부인 글쎄, 해가 되든 아니든 싫어요.

프랭크 두 사람을 기다리지 않는 게 나을 거예요, 워렌 부인. 프레드는 가능한 한 오래 밖에서 보내려 할 거예요. 그분은 우리 비비랑 여름밤, 관목이 무성한 들판에서 길을 벗어난다는 것이 얼마나 로맨틱한 건지 미처 몰랐겠죠.

크로프츠 (깜짝 놀라 바로 앉으며) 이런, 이봐!

목사 (놀라서 일어서며, 직업에서 생겨난 몸짓 즉 지어낸 몸짓이 아니라, 마음에서 우러난 태도와 설득력을 갖춰) 프랭크, 아무래도 그럴 리는 없다. 워렌 부인께서, 네가 한 말은 떠올릴 수도 없는 일이라고 말씀해 주실 거다.

크로프츠 물론 떠올릴 수 없고말고.

프랭크 (매력적이게도 차분한 음성으로) 그런가요, 워렌 부인?

워렌 부인 (반사적으로) 글쎄, 샘, 난 모르겠어요. 딸이 결혼하고 싶어 하면, 결혼 못 하게 해서 좋을 건 없어요.

---

* 조지나: 프랭크의 누이다.

목사 (깜짝 놀라서) 우리 애하고 결혼시킨다고요! 댁의 딸을 우리 애하고! 말도 안 돼요.

크로프츠 당연히 말이 안 되지. 바보처럼 굴지 마, 키티.

워렌 부인 (짜증이 나서) 왜 안 되죠? 내 딸이 댁의 아들한텐 넘치지 않나요?

목사 하지만 친애하는 워렌 부인, 이유를 분명히 아실 텐데요.

워렌 부인 (반항적으로) 난 모르겠어요. 아신다면, 아들한테든, 내 딸한테든, 당신네 교회 회중한테든 얼마든지 말해 주세요.

목사 (의자에 힘없이 주저앉으며) 제가 누구에게도 그 이유를 밝힐 수 없다는 걸 잘 아실 텐데요. 하지만 이유가 있다고 말해 주면 아들은 나를 믿을 겁니다.

프랭크 정말 그래요, 아버지는 말해 주시겠죠. 하지만 여태껏 이유를 말해 주셔서 저한테 한 번이라도 덕이 된 줄 아세요?

크로프츠 넌 걔와 결혼할 수 없어. 이게 결론이야. (일어서서, 단단히 마음을 먹은 듯 눈살을 찌푸린 채 벽난로에 등을 기댄다).

워렌 부인 (그를 향해 몸을 돌려서는 날카로운 목소리로) 이봐요, 당신이 무슨 상관이에요?

프랭크 (한껏 감상적인 억양으로) 바로 제가 점잖게 여쭙고 싶던 거였어요.

크로프츠 (부인에게) 당신은 딸을 연하에다가, 직업도 없고, 먹여 살릴 돈도 땡전 한 푼 없는 사람한테 시집보내고 싶진 않을 테지.

내 말을 못 믿겠거든 샘한테 물어봐요. (목사를 향해) 아들한테 얼마를 물려줄 건가?

목사 한 푼도 못 주네. 쟤는 이미 유산을 받아서 지난 7월에 다 써 버렸어. (워렌 부인의 안색이 어두워진다).

크로프츠 그 봐, 내 말이 맞지. (문제가 해결됐다는 듯이 벤치로 돌아가서 다시 아까처럼 다리를 올리고 앉는다).

프랭크 (애처롭게) 무슨 장삿속 같군요. 워렌 양이 돈만 보고 결혼한다고 보세요? 우리가 서로 사랑하기만 한다면-

워렌 부인 고맙긴 하다만 얘야, 네 사랑이란 싸구려에 지나지 않는단다. 네가 결혼해서 먹여 살릴 힘이 없으면 비비를 차지할 수가 없단다.

프랭크 (즐거운 듯이) 보스, 뭐라고 한마디 하시죠.

목사 부인의 말씀에 동의한다.

프랭크 잘나고 연로하신 크로프츠 씨는 의견을 내셨고.

크로프츠 (팔꿈치에 의지해서 몸을 돌려선) 이봐, 네 건방진 소린 듣고 싶지 않아.

프랭크 (노골적으로) 놀라게 해 드려서 정말 죄송합니다, 크로프츠 씨, 하지만 방금 전에 저에게 꼭 아버지처럼 마음껏 말씀하셨잖아요. 감사합니다만 아버지는 한 분이면 충분합니다.

크로프츠 (가소로운 듯이) 흥! (다시 몸을 돌린다).

프랭크 (일어서며) 워렌 부인, 저는 부인을 위해서라도 비비를 포기할 수 없습니다.

워렌 부인 (혼잣말로 구시렁거리듯이) 새파란 건달 놈이!

프랭크 (계속해서) 비비한테 다른 후보자들을 들이대실 게 뻔하니, 저는 지체 없이 비비에게 제 입장을 털어놓을 겁니다. (사람들이 빤히 바라보는 가운데 우아하게 읊조리기 시작한다).

> *그는 운명을 너무 두려워하는가*
> *아니면 그릇이 작든지*
> *자신의 운명을 감히 시험하지 못하다니*
> *품에 넣거나 잃거나 덤벼볼 일이거늘**

(낭송하는 동안에 오두막의 문이 열리며 비비와 프레드가 들어온다. 프랭크가 낭송을 중단한다. 프레드는 모자를 서랍장 위에 놓는다. 방 안의 분위기가 갑자기 밝아진다. 프레드가 난롯가로 다가오자, 크로프츠는 좌석에서 다리를 내리고 냉정을 되찾는다. 워렌 부인은 천연스러움을 유지하지 못하고 딸에 대한 불평에서 위안을 찾는다).

---

* 스코틀랜드의 귀족이며 군인 겸 시인이자 제1대 몬트로스의 마르퀴스인 제임스 그레이엄(James Graham, 1st Marquess of Montrose, 1612-1650)의 시 〈I'll Never Love Thee More(지금보다 그대를 더 사랑할 수는 없으리)〉의 일부. 프랭크는 이 대목을 시의 화자가 사랑을 얻기 위해 용단을 내릴 건가 아니면 겁을 먹고 포기할 건가, 하고 갈등하는 순간으로 이해한다. 자신은 시의 화자와는 달리, 사랑을 위해 과감한 선택을 하겠노라는 뜻을 워렌 부인과 크로프츠에게 밝힌 것이다.

워렌 부인 도대체 어디 갔었니, 비비?

비비 (모자를 벗어서 탁자 위에 마구 던져 놓으며) 언덕에요.

워렌 부인 글쎄, 내 허락 없인 그렇게 멀리 가선 안 된다. 너한테 무슨 일이 생겼는지 내가 어떻게 알겠니? 밤도 다 되었는데.

비비 (어머니를 무시하고는 부엌으로 다가가서 문을 열며) 저녁은 어쩌지요? (부인을 빼곤 모두 일어섰다) 식구가 좀 많은 것 같아서 걱정되는군요.

워렌 부인 말을 듣고 있니, 비비?

비비 (조용히) 예, 엄마. (저녁 문제로 되돌아가서) 모두 몇 명이죠? 하나, 둘, 셋, 넷, 다섯, 여섯. 자, 다른 분이 식사하실 때 두 분은 기다리셔야 되겠어요. 식기가 네 벌뿐이니까요.

프레드 아, 괜찮아요. 난-

비비 오래 걸었으니 시장하실 거예요, 프레드 씨. 바로 드시는 게 낫겠어요. 저는 기다릴 수 있어요. 한 분만 저하고 같이 기다리면 돼요. 프랭크, 배고프니?

프랭크 전혀 안 고파. 입맛을 잃었거든.

워렌 부인 (크로프츠에게) 당신도 그렇지 않아요? 기다릴 수 있겠죠.

크로프츠 젠장, 아까 티타임 후론 아무것도 못 먹었다고. 샘이 기다리면 안 돼?

프랭크 불쌍한 우리 아버지를 굶길 작정이세요?

목사 (퉁명스럽게) 내 입으로 말하게 해 다오, 인마. 저는 온전히 기다릴 수 있답니다.

비비　(단호히) 그러실 필요 없어요. 둘이면 되니까요. (부엌문을 연다) 어머니와 동행해 주시겠어요, 목사님? (목사는 부인과 식당으로 동행한다. 프레드와 크로프츠도 뒤따른다. 프레드를 빼곤 자리배정에 불만이지만 달리 어쩔 도리가 없다. 비비는 문간에 서서 좌중을 들여다본다) 그쪽 구석으로 더 당겨 주시겠어요, 프레드 씨, 좀 비좁은 듯하군요. 코트가 회칠한 벽에 닿지 않게 조심하시고요. 맞아요, 그렇게. 이젠 모두 편안하신가요?

프레드　(곧이어) 아주 좋아요, 고마워요.

워렌 부인　(곧이어) 문을 열어 두렴, 애야. (비비가 얼굴을 찡그린다. 하지만 프랭크는 눈짓을 보내고는, 살며시 다가가서 오두막 문을 슬그머니 다 열어젖힌다) 맙소사, 웬 바람이람! 문을 닫는 게 낫겠다, 애야.

(비비가 부엌문을 쾅 하고 소리 나게 닫는다. 엄마의 모자와 숄이 아무렇게나 놓인 모습을 못마땅히 여기면서 집어다 창문 옆 의자에 가지런히 놓아둔다. 그동안 프랭크는 오두막 문을 조용히 닫는다).

프랭크　(좋아 죽겠다는 듯) 아! 저분들과 차단되었군. 자, 비비, 우리 보스를 어떻게 생각해?

비비　(생각으로 여념이 없는 듯 심각해져서) 거의 말을 걸어 보지 못했어. 특별히 유능한 분이라는 인상을 받지는 않았어.

프랭크　글쎄, 있잖아, 영감님은 보기완 달리 그리 어리숙진 않

아. 교회에 떠밀려 들어왔다가 기대에 부응하려고 노력하지만 스스로를 실제보다 더 바보로 보이게 할 뿐이야. 난 네가 생각하는 만큼 아버지를 싫어하는 건 아니야. 선량한 분이야. 네가 아버지와 잘 지내게 될 것 같니?

비비 (꽤 싸늘하게) 장차 내 삶이 그분 혹은 엄마 또래의 다른 친구분들과 엮이리라고 보진 않아. 프레드를 빼곤 말이야. (벤치에 앉는다) 우리 엄마는 어떻게 생각해?

프랭크 진심을 말해 줘?

비비 그래. 진심을 말해 줘.

프랭크 글쎄, 엄청 재미있는 분 같아. 하지만 신중하신 편이지? 그리고 크로프츠는! 아이고야, 크로프츠! (그는 그녀의 옆에 앉는다).

비비 무슨 저런 사람이 다 있어, 프랭크.

프랭크 별 희한한 인간이야!

비비 (그런 사람들을* 지긋지긋하게 여기며) 내가 저처럼 인생을 낭비하는 사람이 되고 만다면, 밥벌레처럼 목적도 없이 밥만 축낸다면, 개성도 없이 기개도 없이 살아갈 수밖에 없다면 한순간도 망설이지 않고 동맥을 끊어서 죽어 버릴 거야.

프랭크 아, 안 돼, 그럼 안 되지. 그들로선 뭐 하러 지루하고 하기 싫은 일을 하겠어? 그렇게 안 하고도 먹고사는 데 지장이 없는데.

---

* 비비가 사용한 단어는 그들(them)이다. 그녀의 말에서 드러나듯이, 지금 비비와 프랭크가 비난하는 대상은 크로프츠처럼 살아가는 사람들이다.

난 그들이 가진 행운이 부럽기도 해. 안 되고말고. 내가 못마땅한 건 그들의 삶의 방식이야. 저래선 안 돼. 저건 되는 대로 사는 거야. 너무나 되는 대로 사는 거라고.

비비 네가 일을 하지 않는다면, 크로프츠만큼 나이 들었을 때 네 삶의 방식은 더 나을 거라고 생각하니?

프랭크 당연하지. 훨씬 낫지. 설교하지 마. 네 도련님은 구제불능 이니까. (그는 두 손으로 그녀의 얼굴을 어루만지려고 한다).

비비 (그 손을 세차게 내려치며) 그만둬. 도련님과 노닥거릴 기분 이 아니니까. (그녀는 일어서서 방의 다른 쪽으로 간다).

프랭크 (그녀를 따르며) 왜 이리 사나우실까!

비비 (바닥에 발을 쾅쾅 구르며) 제발 심각해져 봐. 난 심각하니까.

프랭크 좋아. 배운 사람답게 얘기해 봅시다, 워렌 양. 아시다시피 대부분의 뛰어난 사상가들은 현대문명인이 겪는 질병 중 절반은, 사람들이 어린 시절 애정에 굶주려서 생긴 것이라는 데 동의하 지. 이제 나는—

비비 (그가 말을 마치기도 전에) 넌 참 사람을 짜증나게 해. (그녀 는 부엌문을 연다) 거기 프랭크 자리 있나요? 굶주린다고 칭얼대 는군요.

워렌 부인 (안에서) 물론 있지. (식탁 위의 식기들을 옮기자 나이 프와 포크 등이 부딪치며 쨍그랑거리는 소리를 낸다) 여기! 내 옆 에 자리가 났어. 어서 오게, 프랭크 군.

프랭크 도련님이 반드시 되갚아 주고 말겠어. (그녀를 지나 부엌으로 들어간다).

워렌 부인 (안에서) 애야, 비비야, 너도 오너라. 배고프겠다. (크로프츠가 표나게 정중한 태도로 열린 문을 잡아주자 부인은 따라나선다. 쳐다보지도 않고 지나가자 그는 문을 닫는다) 조지, 왜 도통 안 먹은 거죠? 무슨 문제가 있나요?

크로프츠 아, 그냥 술 한 잔 하고 싶을 뿐이야. (그는 두 손을 호주머니에 찔러 넣고는 부루퉁해서 잠시도 쉬지 않고 서성이기 시작한다).

워렌 부인 그건 그렇고, 난 먹을 것이 넉넉한 걸 좋아해요. 그런데 써늘한 쇠고기와 치즈, 상추는 물리는군요. (배가 반밖에 차지 않은 듯 한숨을 쉬며 벤치에 퍼질러 앉는다).

크로프츠 당신은 저 애송이에게 무얼 부추기는 거요?

워렌 부인 (즉시 경계하며) 여기 보세요, 조지, 우리 딸한테 무슨 마음을 먹고 있는 거예요? 나는 당신이 저 애를 바라보는 방식을 지켜봤어요. 기억해 둬요. 난 당신을 알고 있고, 당신이 바라본다는 게 뭘 뜻하는지도 안다고요.

크로프츠 본다고 닳는 것도 아닌데?

워렌 부인 당신이 조금이라도 허튼 수작을 부리면 런던으로 쫓아버릴 거예요. 나한테는 저 애의 작은 손가락 하나도 당신의 몸과 혼 전체보다 소중하니까요. (크로프츠는 이걸 비웃듯이 싱글거리며 받아들인다. 연극에 나오는 어머니처럼 헌신하는 기질을 가진 워렌 부인은, 그에게 족쇄를 채우는 데 실패했다는 느낌에서 얼마간 얼굴이 붉어지며 차분한 음성으로 덧붙인다) 마음을 편히 가지세요. 저 애송이라고 해서 당신보다 많은 기회를 가진 것도 아니니까요.

크로프츠 사내가 여자한테 관심을 가져서도 안 된다고?

워렌 부인 당신 같은 사내는 안 되죠.

크로프츠 저 애는 몇 살이야?

워렌 부인 몇 살이든 신경 꺼요.

크로프츠 왜 그런 걸 비밀에 부치려고 하는 거야?

워렌 부인 그러고 싶어서요.

크로프츠 자, 난 아직 나이가 쉰도 안 됐어. 재산은 꾸준히 늘고 있고,

워렌 부인 (말을 가로막으며) 사악한 데다 인색하기까지 하니까요.

크로프츠 (계속하며) 준남작이 언제까지고 기다려 주는 것도 아니라고.
내 지위에 있는 어떤 사내도 당신을 장모로 받아줄 수는 없을 걸. 도대체 왜 저 애가 나한테 시집오면 안 되는데?

워렌 부인 당신한테!

크로프츠 우리 셋이 아주 편안히 살 수 있을 거야. 나는 쟤보다 먼저 죽을 거고 그럼 쟨 돈 많고 기운 쌩쌩한 과부가 될 거고. 왜 안 된다는 거야? 저 바보 애송이와 산책하는 내내 그 생각이 내 마음

속에서 자라더군.

워렌 부인 (반감이 생겨서) 그렇군요. 당신 마음속에서는 그 따위
가 자라는군요.

(크로프츠가 서성이기를 멈추자 두 사람은 서로를 바라본다. 부
인이 두려운 감정에다가, 상대가 깔보여 넌더리가 난다는 듯 꼼짝
도 않고 바라보는 반면에, 크로프츠는 눈매에 욕정이 넘치는 번뜩
임을 담고는, 연한 웃음기마저 띠고서 은밀히 바라본다).

크로프츠 (그녀한테서 일말의 동정심도 보이지 않자 갑자기 마음
이 걱정되고 조급해져서) 이봐, 키티, 당신은 현명한 여자잖아.
도덕적 잣대를 들이댈 필요는 없다고. 더 이상 질문 안 할 테니
답도 안 해도 돼. 전 재산을 저 애한테 넘겨줄 게. 그리고 당신을
위해선, 원한다면 결혼 당일 수표를 줄 테니 바라는 액수를 적기
만 하라고. 합당한 액수로 말이야.

워렌 부인 결국 그런 식으로 나오는군요, 조지, 닳아빠진 다른 늙
은 놈들처럼!

크로프츠 (무례하게) 이런 제기랄!

(워렌 부인이 미처 반박하기도 전에 부엌문이 열리고 사람들의
말소리가 들린다. 크로프츠는 냉정을 되찾지 못하자 오두막 바깥으
로 나가 버린다. 목사가 부엌문에 나타난다).

목사 (둘러보더니) 조지 경은 어디 갔습니까?

워렌 부인 담배 피러 나갔어요. (목사는 탁자에서 모자를 집고는 난롯가에 있는 부인에게 다가간다. 그동안 비비가 들어오고 프랭크가 따라와서는 몹시 지쳤다는 듯이 가까운 의자에 주저앉는다. 부인은 비비를 돌아보곤, 어머니로서 돌봐 주는 시늉으로 보통 때보단 힘을 주어) 자, 얘야, 저녁은 잘 먹었니?

비비 앨리슨 부인의 음식에 대해선 아시잖아요. (비비는 프랭크에게 다가가 다독여 준다) 쇠고기도 안 남았지? 불쌍한 프랭크는 빵과 치즈, 맥주밖에 못 드셨지? (하루 저녁 동안 하찮은 일을 너무 많이 겪었다는 듯 심각하게) 버터도 형편없어요. 가게에서 좀 사와야겠어요.

프랭크 제발 그렇게 해 줘.

(비비는 테이블로 가서 버터를 주문하려고 기록해 둔다. 프레드는 부엌에서 나와서는 냅킨으로 사용했던 손수건을 간수해 둔다).

목사 프랭크, 집 생각을 잊고 있었구나.

네 어머니는 아직 손님들이 오시는 걸 모르잖니.

프레드 폐를 끼치게 되어 죄송합니다.

프랭크 (일어서며) 조금도요. 어머니는 선생님을 모시게 되어 기뻐하실 거예요. 정말 지적이면서 예술을 이해하는 분이랍니다. 일 년 내내 보스 말고는 만난 분이 없으셨답니다. 얼마나 지루한 시간을 보내셨을지 짐작하시겠지요. 아버지는 지적이지도 못하고 예술을 이해하지도 못하시죠, 그렇죠, 아버지? 그러니 당장 프레드 씨를 집으로 모셔가세요. 저는 여기서 부인을 즐겁게 해 드리겠어요. 가시는 길에 정원에 있는 크로프츠 씨도 데려가세요. 그 사람은 우리 불독 강아지하고 잘 어울릴 거예요.

프레드 (서랍장에서 모자를 집으며 프랭크에게 다가온다) 우리와 같이 가세, 프랭크. 모녀는 오랜만에 만났는데 오붓한 시간을 갖는 걸 우리가 방해한 셈일세.[*]

프랭크 (한껏 부드러워져서 탄복하는 눈빛으로 프레드를 바라보며) 물론이죠. 잊고 있었군요. 깨우쳐주셔서 고맙습니다. 완벽한 신사시군요, 프레드 씨. 언제나 그러셨지요. 제 삶의 이상형이시죠. (그는 가려고 일어선다. 하지만 두 어른 사이에 잠시 멈춰서 한 손을 프레드의 어깨에 얹는다) 이 쓸모없는 영감님이 아니라 당신이 우리 아버지였더라면 좋았을 텐데요! (그는 다른 한 손을 제 아버지의 어깨에 올려놓는다).

목사 조용히 해, 인마, 조용히. 상스럽구나.

워렌 부인 (배를 잡고 웃으며) 개를 길 좀 들여야겠어요, 샘. 잘 주무세요. 자, 조지한테 모자와 지팡이, 제 인사도 전해 주세요.

목사 (물건을 받으며) 잘 주무세요. (두 사람은 악수한다. 목사는 비비한테도 악수하고는 잘 자라고 인사한다. 그리곤 프랭크에게

---

[*] 연극인 김우진(1897-1926)의 번역은 여기서 멈춘다. 그가 〈사의 찬미〉를 부른 가수이자 배우인 윤심덕(1897-1926)과 대한해협에서 삶을 마치지 않았더라면 번역을 마쳤을 것이다[3].

울리는 목소리로 명령한다) 당장 따라와, 인마.

워렌 부인 잘 가요, 프레디.

프레드 잘 있어요, 키티.

(두 사람은 정을 담아 악수하고는 함께 나간다. 부인은 프레드와 정원까지 동행한다).

프랭크 (비비에게) 키스할까?

비비 (사납게) 아니, 난 네가 싫어. (테이블에서 책 두어 권과 종이 몇 장을 집어서 탁자로 가져다 두고 난로 옆 테두리에 앉는다).

프랭크 (얼굴을 찌푸리며) 미안해. (모자와 소총을 집으러 가고 부인이 들어온다. 부인과 악수한다) 안녕히 주무세요, 친애하는 워렌 부인. (그녀의 손에 키스한다. 부인은 손을 뿌리치곤 입술을 꽉 다문다. 여차하면 뺨을 때릴 태세로 보인다. 그는 짓궂게 웃으며 재빨리 빠져나와 문을 쾅 닫는다).

워렌 부인 (남자들이 떠났으니 저녁을 지루하게 보낼 수밖에 없다는 걸 느끼며) 살면서 저렇게 시끄러운 애 본 적 있니? 걔가 널 귀찮게 하진 않니? (탁자에 앉는다) 생각해 보니 얘야, 걔한테 곁을 내주지 마라. 걘 보나마나 아무짝에도 쓸모가 없단다.

비비 (더 많은 책을 가지러 일어서며) 나도 그걸 걱정하고 있어요. 불쌍한 프랭크! 걜 안 볼 거지만, 미안하기도 하네요. 미안해할 가치도 없는 애지만. 크로프츠란 사람도 나한테 잘 어울리진 않겠죠? (그녀는 탁자 위로 책들을 마구 던져 둔다).

워렌 부인 (비비의 무관심에 기분이 상해서) 남자에 대해 그런 식으로 말하다니, 얘야, 네가 남자에 대해 뭘 아니? 내 친구이기도 하니, 그 사람의 좋은 점을 보도록 해 보렴.

비비 (아주 냉정하게) 왜죠? (앉아서 책을 열며) 우리가 더 많은 시간을 같이 지내야 한다고 기대하세요? 엄마와 나 말이에요.

워렌 부인 (딸을 빤히 바라보며) 물론이지, 시집가기 전까지는. 이젠 대학도 졸업했으니 말이다.

비비 제 삶의 방식이 엄마하고 맞을 것 같으세요?

워렌 부인 네 삶의 방식이라고? 무슨 뜻이냐?

비비 (쇠사슬에 달린 종이칼로 페이지를 가르며) 나한테도 남들처럼 삶의 방식이란 게 있다고 한 번도 생각해 본 적이 없나요, 엄마?

워렌 부인 이 어린 것이 무슨 엉뚱한 소릴 하는 거냐? 이제 학교에서 좀 유명해졌다고 홀로서기라도 보여 주고 싶다는 거냐? 바보 같은 짓 하지 마라, 아이야.

비비 (누긋하게) 이 문제에 대해 달리 하고 싶은 말은 없는 거죠, 엄마?

워렌 부인 (당황하고는 곧 화가 나서) 나한테 그런 식으로 묻지 마라. (세차게) 입 다물어라. (비비는 시간을 낭비하지도 않고, 말도 않고 공부만 한다) 네 삶의 방식이라고, 이런! 다음엔 뭐냐? (부인은 다시 딸을 노려본다. 대답이 없다).

네 삶의 방식이란 건 내가 좋아하는 것이어야 해, 그렇고말고.

(또 잠시 멈췄다가) 난 네가 수학시험인지 뭔지 후로 달라진 낌새를 알아차렸단다. 내가 그걸 참아낼 거라고 생각하면 오산이다. 이걸 일찍 깨달을수록 네 신상에 좋단다. (으르렁거리는 소리로) 그 문제에 대해 내가 할 말은 다 했다, 정말! 넌 내가 어떤 사람인지 알지, 얘야?

비비 (책에서 고개를 들지도 않고 엄마를 건너다보며) 아니요. 엄마는 어떤 분이고 뭐 하는 분이세요?

워렌 부인 (숨이 막혀 일어서며) 이런 머리에 피도 안 마른 것이!

비비 누구나 알아요. 내 평판과 사회적 지위, 장차 구하고자 하는 직업 등을요. 그런데 난 엄마에 대해선 아무것도 모르죠. 저를 엄마와 크로프츠 경의 삶에 불러들여서 도대체 어떤 삶의 방식으로 사시려는 건데요?

워렌 부인 조심하렴. 나는, 우리가 나중에 후회하게 될 조치를 취할지도 모른다.

비비 (냉정히 결단을 내리고서 책을 옆으로 밀쳐 두고는) 자, 그 문제는 엄마가 더 잘 감당하게 될 때까지 미뤄둡시다. 엄만 건강을 위해 산책이나 테니스를 하시는 게 필요하겠어요. (못마땅하다는 듯 엄마를 바라보고는) 컨디션이 놀랄 만큼 안 좋으시더군요. 숨이 차서 쉬지 않고는 언덕으로 20미터도 못 올라가시네요. 팔뚝이라고는 비곗살에 지나지 않고요. 제 걸 보세요. (팔을 내민다).

워렌 부인 (딸을 힘없이 바라보며 울먹이기 시작한다) 비비야-

비비 (갑자기 몸을 일으켜서는) 제발 울지 좀 마세요. 그것만은 마세요. 엄마가 울먹이는 소릴 참을 수가 없어요. 계속하시면 여기서 나갈래요.

워렌 부인 (불쌍하게) 아, 애야, 넌 어쩜 나한테 이리 모질게 대하니? 엄마로서 너한테 아무 권리도 없다는 거니?

비비 엄마 맞아요?

워렌 부인 내가 네 엄마가 맞느냐고? 아, 비비야!

비비 그럼, 우리 친척들은 어디 있나요? 아버지는? 그분들의 친구는요? 어머니의 권리를 주장하셨는데, 그 권리는 나를 바보니 어린애니 하고 부를 권리이고, 대학에선 어떤 여자도 나한테 이래라저래라 말하지 못했건만 엄마는 그렇게 말할 권리이고, 내 삶의 방식을 지시할 권리이고, 딸한테 짐승 같은 인간 그러니까 런던에서 가장 질이 안 좋다고 잘 알려진 한량과 어울리라고 말할 권리죠. 내가 엄마의 그런 권리주장에 애써 거역하기 전에, 먼저 그런 권리란 게 과연 있기나 한 건지부터 알아봐야겠어요.

워렌 부인 (미친 듯이 무릎을 꿇고는) 아, 안 돼, 안 돼. 그만. 그만 해. 내가 엄마다. 맹세한다. 나를 배신해선 안 된다, 내 딸아. 그건 천륜에 어긋난다. 믿어 주겠지? 믿는다고 말해 다오.

비비 아버지는 누구였나요?

워렌 부인　천방지축 함부로 묻는구나[*]. 말해 줄 수 없다.

비비　(단호히) 아, 마음만 먹으면 엄만 말해 줄 수 있어요. 난 알 권리가 있고요. 나한텐 그런 권리가 있다는 걸 잘 아실 테죠. 내키지 않으면 말하지 마세요. 그럼, 내일 아침이 지나면 나를 못 볼 줄 아세요.

워렌 부인　아, 그렇게 말하는 걸 듣자니 끔찍하구나. 넌 날 저버리지 않을 거고 그럴 수도 없다.

비비　(냉혹하게) 절 우습게 보면 조금도 망설임 없이 하고말고요. (넌더리가 나서 몸을 떨며) 내 핏줄에 저 짐승 같은 인간의 더러운 피가 흐르지 않는지를 어떻게 믿죠?

워렌 부인　아니, 아니야. 맹세코 그 사람은 아니다. 네가 여태껏 만나 본 다른 어떤 사람도 아니다. 적어도 그 점은 확신한다.

　　(비비는 이 말의 심각성을 깨달으며 시선을 엄마한테서 떼지 않는다).

비비　적어도 그 점은 확신한다고요. 아, 엄마가 확신하는 건 그것뿐이란 뜻이겠죠. (생각을 해 보고는) 알겠어요. (워렌 부인은 얼굴을 두 손에 묻는다) 그러지 마세요, 엄마. 울 마음이 조금도 없잖아요. (부인은 손을 내리고는 기가 막힌다는 듯 딸을 바라본다. 비비는 시계를 꺼내고는 말한다) 자, 오늘 저녁엔 이만하죠. 아침

---

[*] 딸의 마음에 담아두었던 질문에 대한 부인의 대답(You don't know what youre asking)을 직역하면 "넌 자신이 뭘 묻는지도 모른다"에 가깝다. 이것이 마태복음 20:22(너희 구하는 것을 너희가 알지 못하는도다)의 표현과 같은 점은 공교롭다.

은 몇 시에 드세요? 여덟시 반이면 너무 이른가요?

워렌 부인 (격하게) 맙소사, 넌 도대체 어떤 부류에 속하는 여자냐?

비비 (냉정하게) 바라기로는 세상에 넘칠 만큼 평범한 부류예요. 그렇지 않으면 세상사가 어떻게 돌아가는지 알 수 없을 테죠. 오세요. (엄마의 팔을 잡고는 확 끌어당긴다) 힘을 줘 보세요. 좋아요.

워렌 부인 (못마땅해서) 나한테 정말 함부로 대하는구나, 비비야.

비비 말도 안 돼. 잠은 어쩌고요? 열 시 넘었어요.

워렌 부인 (화가 나서) 나한테 잠이 무슨 소용이냐? 잠이나 오겠니?

비비 왜 안 와요? 난 잘래요.

워렌 부인 이년아, 넌 심장도 없구나. (워렌 부인의 입에서 타고난 말투 즉 동네 아낙네 특유의 말투가 갑자기 터져 나온다. 이것은 어머니로서의 애착도, 틀에 박힌 체면도 내버리고, 오로지 자책과 빈정거림으로 가득 찬 말투였다) 아, 참을 수가 없어. 억울해서 못 참겠다. 넌 무슨 권리로 날 이렇게 깔아뭉개는 거냐? 넌 나한테, 나한테 잘난 체하는데, 도대체 넌 누구 덕에 잘났단 말이냐? 난 누구 덕을 봤겠느냐? 부끄러운 줄이나 알아라. 속은 못돼 쳐 먹었으면서 겉으론 요조숙녀인 척하고 거드름만 부리는 년아.

비비 (별일 아니라는 듯 어깻짓을 움찔했지만 이젠 자신감이 한풀 꺾인 듯하다. 여태껏 조리 있고 기운찼던 비비의 대답이 엄마의 변한 어조에 맞서기에는 활기도 융통성도 없는 것처럼 들리기 시작했으니 말이다) 잠시도 내가 엄마를 깔아뭉갠다고 생각하지 마세요. 흔하디흔한 수단인 권위로 먼저 들이받은 사람은 엄마니까요. 나는 존중받아 마땅한 여자로서는 흔하디흔한 수단인 초연함으로 맞섰을 뿐이에요. 까놓고 말하자면 더 이상 엄마의 어이없는 언행을 참지 않겠어요. 엄마가 그런 언행을 중단하면, 저도 엄마한테 제 어이없는 언행을 참아주길 바라지 않을게요. 뿐만 아니라 엄마가 나름의 견해를 가질 권리도 엄마의 삶의 방식도 존중해 드릴게요.

워렌 부인 내 나름의 견해와 삶의 방식이라고! 얘가 말하는 것 좀 보소! 내가 자라난 처지가 너하고 같은 줄 아니? 내가 좋아하는 방식대로만 살아온 걸로 생각하니? 아니면 기회가 있었는데도, 대학교육을 받아 요조숙녀가 되는 것이 옳지 않다고 생각해서 이렇게 살아온 걸로 생각하니?

비비 누구나 나름의 선택권은 있어요, 엄마. 비렁뱅이 계집애가 영국 왕비나 뉴넘대 학장이 될 일은 없겠지요. 하지만 취향에 따라 넝마를 줍거나 꽃 파는 일은 가능하겠지요. 나는 처지란 말을 대수로이 여기지 않아요. 이 세상에서 잘나가는 사람들은 일어서서 자신이 바라는 처지를 찾는 사람들이에요. 찾지 못하면 만들어야죠.

워렌 부인 아, 말로야 쉽지 않니? 얘야, 내가 자라난 처지를 알고 싶니?

비비 예, 그게 낫겠어요. 앉지 않으실래요?

워렌 부인 아, 앉으마. 염려 마라. (부인은 아무렇지 않다는 기세로 의자를 바짝 당겨 놓고 앉는다. 비비는 무심결에 마음이 당긴다) 너희 외할머니가 어떤 분이었는지 아니?

비비 아니요.

워렌 부인 당연히 모르지. 난 안다. 스스로 과부라던 네 외할머니는 조폐국 부근에서 생선튀김가게를 해서 네 딸을 키우셨다. 우리 둘 즉, 나와 리찌 언니는 친자매간인데 외모도 체격도 좋았단다. 우리 아버지는 풍채가 좋은 분이었나 보더라. 어머니 말로는 아버지가 신사계급이었다는데 나야 모르는 일이고. 다른 둘은 이부자매(異父姉妹)였는데 체구도 자그마했고 지지리도 못생겼어. 부지런하고 정직했지만 가난하게 살던 애들이었다. 언니와 난 개들을 실컷 두들겨 패 주었고, 그 벌로 다시는 개들한테 손대지 못하게 어머닌 우릴 반 죽여 놓았지. 개들도 존중받을 만한 품성을 가진 애들이었다. 그런데 그런 품성에 대해 개들이 무엇으로 보상받았는지 아니? 하나는 백연공장에서 매일 열두 시간씩 일해서 주급 9실링을 받았는데, 납중독으로 죽을 때까지 일했단다. 개는 손만 약간 마비되는 줄로 알았는데 결국 죽고 말았지. 다른 하나는 늘 우리의 모범이었단다. 군대 보급창에서 근무하는 공무원하고 결혼해서는 방세를 내고 세 딸을 키우기 위해 주당 18실링을 쓰면서 버텼는데 그런 삶이 대단해 보였기 때문이다. 나중에 개

남편이 술꾼이 되는 바람에 형편이 바뀌긴 했지만 말이다. 그런 삶이 존중받을 가치가 있지, 그렇지 않니?

비비 (이제 생각이 깊어져서는 경청하는 자세로) 엄마하고 이모는 그렇게 생각하셨나요?

워렌 부인 이모는 그러지 않았다고 난 장담한다. 이모는 기백이 대단했단다. 우리는 교회학교에 다녔는데, 거기서 품위 있는 태도를 익혔고 그 덕분에, 아무것도 모르고 갈 데도 없는 아이들보다 우월하다고 자부하게 되었지. 이모가 나가서 다시는 돌아오지 않은 어느 날 밤까지 우리는 거기서 같이 지냈단다. 여교장은 내가 곧 이모를 뒤따르리라고 생각했다는 걸 나는 안다. 그곳 목사는 늘 이모가 결국에는 워털루 다리에서 뛰어내릴 거라고 나한테 경고했으니까. 불쌍한 바보 같으니. 그런 일에 대해 달리 아는 거라곤 없는 사람이었거든! 난 강으로 뛰어드는 것보단 백연공장을 더 두려워했는데, 너도 내 입장이었으면 같았을 거다. 목사는 나한테 금주(禁酒)식당의 부엌데기 자리를 구해 줬단다. 거기는 손님들이 원하는 건 뭐든 배달 주문시켜 주던 곳이야. 그다음엔 여급이 되었고, 그다음엔 워털루역에 있는 바에 나갔지. 하루에 열네 시간씩 술 나르고 잔 씻는 일을 해서 숙식 해결에다 주당 4실링을 받았지. 당시의 나로선 엄청난 승진이라고 생각했다. 그러던 어느 지독히 추운 밤이었어. 너무 피곤해서 비몽사몽이었는데, 스카치위스키 반병*을 사러 온 사람이 바로 리찌 이모였다. 긴 모피 망토를 걸치고 우아하고 편안한 모습에다 지갑엔 금화가 두둑이 들었더구나.

비비 (심각해져서) 우리 리찌 이모가!

워렌 부인 그래. 있어서 득이 되는 이모기도 하지. 지금은 윈체스터 대성당 부근에서 새 삶을 살고 있단다. 거기선 엄청 존경받는 귀부인으로, 지역 무도회에 처녀들을 데뷔시키는 샤프롱 일을 하고 있다. 고맙게도 이모는 강에 몸을 던지지 않았다. 너를 대하니 이모 모습이 얼핏 보이는구나. 이모는 일등 사업가였다. 처음부터 돈을 저축했고 신분이 드러나는 차림새를 피하려고 무진 애를 썼지. 결코 분별력을 잃는 일도, 잡은 기회를 날려버리지도 않았다. 빼어난 용모를 갖춘 나를 본 이모는 바 저편에서 이렇게 말하더구나. "이 바보야, 도대체 왜 여기서 네 건강과 외모를 남 좋은 일에 다 써 버리는 거냐?" 당시 이모는 브뤼셀에 업소를 차리려고 돈을 모으는 중이었단다. 이모는 둘이 힘을 합치면 돈을 더 빨리 모을 거라고 생각했지. 그래서 나한테 돈을 빌려줘서 시작할 기회를 준 거야. 난 열심히 모아서는 맨 먼저 이모한테 빌린 돈부터 갚았다. 그리곤 이모하고 동업자로서 사업에 뛰어든 거다. 내가 그래선 안 될 이유가 있었겠니? 브뤼셀 업소는 정말 고급으로, 여

---

* a half of Scotch는 직역하면 스카치위스키 반 파인트인데 300cc에 못 미치는 양이다. 이런 표현은 작가가 디테일에 얼마나 신경 쓰는지를 말해 준다.

자가 몸담기엔 앤 제인*이 중독된 공장보단 훨씬 나은 곳이었지. 업소에선 어떤 여자애도, 내가 금주식당의 부엌데기로나, 워털루의 술집 또는 집에서 받은 대접을 받지 않았단다. 네가 이모의 입장이었다면 나를 그런 처지에 내버려 둬서 고된 일로 마흔도 되기 전에 늙어 빠지게 했겠니?

비비 (이젠 제법 관심이 생겨서) 아니요, 하지만 왜 그런 사업을 택한 거죠? 돈을 모으고 수완만 있으면 아무 사업에서나 성공했을 텐데요.

워렌 부인 그렇지. 돈을 모아야지. 하지만 여자가 다른 어떤 사업을 해서 돈을 모을 수 있겠니? 너 같으면 주당 4실링**을 받아서 옷도 갖춰 입으면서 돈을 모을 수 있겠니? 넌 못 한다. 외모가 평범해서 더 벌지 못하는 처지라면 당연히 안 되지. 혹시 음악이나 연극, 신문기사작성에 재능이 있다면 얘기가 다르지. 리찌 이모도 나도 그런 재능은 없었단다. 오로지 좋은 외모로 남자들을 즐겁게 해주는 능력밖엔 없었지. 우리가 남들이 우릴 상점 종업원이나 술집 여급으로 고용해서 득 보게 놔둘 바보로 보이니? 겨우 입에 풀칠만 하는 처지가 아니라, 직접 저들과 거래해서 이익을 온통 우리 주머니에 넣을 수 있는데? 그럴 수는 없지.

비비 두 분의 처지를 사업적 관점에서 정당화하셨군요.

---

* 앤 제인: 워렌 부인의 이부자매로 납중독으로 죽었다고 앞에 나왔다.
** 이 돈은 앞에서 부인이 술집 여급 시절 숙식제공에 더해서 받은 급여이다.

워렌 부인   그래. 아니면 다른 어떤 관점에서든. 존중받을 만한 여자애로 길러져서 할 일이란 뭐니? 돈 많은 남자의 환상을 붙잡아서 결혼하고 그 재산의 덕을 보는 것 빼면 말이다. 결혼식이 사안의 옳고 그름을 판가름하는 기준이기라도 한 듯이! 아, 세상의 위선이 구역질난다! 이모와 난 다른 사람들과 똑같이 일하고 돈 모으고 계산해야 했단다. 그렇지 않았더라면 행운이 끝없이 이어질 줄 알고 아무짝에도 쓸모없이 술에나 절어 사는 년들처럼 처량한 신세가 됐겠지. (기운이 넘쳐서) 난 그런 인간들을 경멸한다. 그들은 개성이 없지. 여자들한테 진절머리 나는 게 있다면 그건 바로 개성결핍이란다.

비비   이보세요, 엄마, 솔직해지세요! 개성 있는 여자면 그런 방식으로 돈 버는 걸 엄청 싫어해야 마땅하다고 말하시지 않았던가요?

워렌 부인   그야 물론이지. 누구나 힘들여 일해서 돈 버는 걸 싫어하지. 하지만 사람들은 그걸 똑같이 할 수밖에 없다. 난 여자애들이 지치고 활기도 떨어져서 딱한 처지였음에도 조금도 관심이 안 가는 남자를 즐겁게 해 주려고 애쓰는 걸 볼 때마다 분명 마음 아파했단다. 절반은 술에 취해 사는 어떤 여자애는 남자가 실제로는 자기를 애태우고 걱정시키고 정떨어지게 하는데도, 상냥하게 대해 주는 걸로 착각해서 그 힘든 걸 참아내는 대가를 거의 챙기지 못하더구나. 하지만 그 애는 비위에 거슬리는 일을 참아야 했고 침착하게 그 거친 일을 감당해야 했다. 꼭 병원의 간호사 혹은 그 누구처럼 말이다. 맹세코, 그 일은 어떤 여자라도 즐거움을 위해 하는 일이 아니란다. 독실한 체하는 인간들한테는, 꽃 이부자리*에서 지낸다고 여기지 않았냐는 빈정거리는 말을 듣기도 하지만 말이다.

비비 엄마는 여전히 그 일을 할 만한 일이라고 여기시네요. 돈을 버니까.

워렌 부인 물론 가난한 여자애로선 할 만한 일이지. 유혹을 이겨 낼 수 있고 외모도 번듯하고 품행도 바르고 분별력이 있기만 하다면 말이다. 자기한테 열린 다른 어떤 직장보다 훨씬 낫지. 난 늘 이래선 안 된다고 생각했다. 비비야, 여성이 더 나은 기회를 가지지 못한다는 게 옳을 수는 없단다. 지금 현실이 그르다는 생각엔 변함이 없다. 하지만 옳든 그르든 현실이 이러니, 여자애로 선 현실에서 최선을 찾아야지. 그러나 물론 이 일은 숙녀로선 할 만한 일이 아니란다. 네가 이 길로 들어선다면 바보다. 하지만 내가 다른 길을 택했더라면 역시 바보였달 수밖에.

비비 (더욱 더 마음이 동해서) 엄마, 지금 우리 둘 다 예전에 엄마가 힘들었던 시절만큼 가난하다고 칩시다. 그럼 엄만 나한테 워털루 바에 나가라거나, 노동자한테 시집가라거나, 공장에 다니라고 충고하지 않을 게 확실해요?

워렌 부인 당연하지. 넌 도대체 날 어떤 엄마로 보는 거냐? 그런 굶

---

* 꽃 이부자리: a bed of roses, 워렌 부인의 직업을 말해 주는 구체적인 단어이다.

주림과 노예상태에서 너라면 어떻게 자존심을 지켰겠니? 자존심이 없는데 도대체 어떤 여자가 가치 있고, 어떤 삶이 가치 있다는 말이냐! 좋은 기회를 가졌던 다른 여자들이 수렁에서 헤매고 있을 때, 난 왜 독립해서 딸을 고등교육까지 시켰겠니? 자신을 존중하고 자제하는 방법을 언제나 알고 있었기 때문이란다. 이모가 지금 대성당이 있는 지역에서 존경받는 까닭은 뭐겠니? 같은 까닭이지. 그때 목사의 바보 같은 충고를 염두에 두었더라면 오늘날 우리는 어디에 있겠니? 일당 1실링 6펜스*에 바닥이나 닦다가 구빈(救貧)병원을 바라는 신세 말고는 말이다. 애야, 넌 세상물정 모르는 사람들 말에 따라 잘못된 길로 가지 마라. 여자가 품위 있게 살 방도를 마련할 유일한 길은 자기한테 잘 대해 줄 수 있을 만큼 경제적으로 여유가 있는 남자에게 잘 대해 주는 것이다. 그래서 여자가 남자와 신분 수준이 비슷하면 결혼하는 것이고, 남자보다 훨씬 처지면 포기해야지. 왜 그래야 하느냐고? 그런 결혼은 여자 자신의 행복을 위한 게 못된다. 런던 지역의 딸 가진 어느 귀부인에게라도 물어보렴. 그러면 똑같이 말해 줄 거다. 단도직입적으로 말하는 나와는 달리 에둘러서 말하는 걸 빼면 말이다.

---

* 1실링은 12펜스이고, 일 파운드(남성노동자의 주급)는 20실링이다. one and sixpence=one shilling and sixpence=1.5실링으로, 주 6일 근무한다고 치면 주당 9실링을 받는다. 이것은 부인의 이부자매 앤 제인이 공장에서 납중독으로 죽기 전 받은 주급으로, 남성 노동자 주급의 반에도 못 미치는 액수다. 지금 부인은 죽은 동생의 처지를 떠올리고 있다. 여기서 sixpence를 한 단어로 쓴 것은 당시에 6펜스짜리 동전이 있었기 때문이다.

그 차이뿐이지.

비비 (심취해서 엄마를 바라보며) 사랑하는 엄마, 엄마는 멋진 여자예요. 엄만 영국 전체보다 강해요. 그럼 엄만 정말로, 진실로 조금도 의심하거나 부끄러워하지 않았나요?

워렌 부인 자, 물론, 애야, 그 일에 부끄러움을 느끼는 게 바른 태도지. 그게 여자에게 바라는 태도지. 여자는 느끼지 못하면서도 느끼는 척 처신해야 한단다. 이모는, 그 일에 대해 노골적으로 말한다고 나한테 화내곤 했단다. 이모는 모든 여자들이 자신의 눈앞에서 벌어지는 세상사로부터 충분히 배울 수만 있다면, 누군가 그들에게 시시콜콜히 말해 줄 필요가 없다고 말하기도 했단다. 하지만 이모는 정말 완벽한 숙녀란다! 내가 얼마간 속물인 반면에 이모는 정말 타고난 숙녀. 네가 이모처럼 성장하는 모습을 담은 사진을 보내 주었을 때 난 너무 기뻤단다. 너는 이모의 귀부인다운 기품과 굳건한 기세를 그대로 간직하고 있단다. 하지만, 실제론 내가 저걸 뜻한다는 것을 남들이 아는데, 입으론 이걸 말하는 나 자신을 참을 수가 없구나. 그런 위선이 무슨 소용이란 말이냐? 사람들이 여자들을 향해 세상을 이런 방식으로 설정해 놨는데, 다른 방식으로 설정했다고 시늉해본들 무슨 소용이람. 아니야. 난 정말 조금도 부끄러워하지 않았다. 우리가 어떻게 매사를 그리 훌륭하게 관리했는지에 대해, 게다가 우릴 비난하는 말 한마디도 듣지 않고, 여자애들을 얼마나 잘 돌봐 줬는지에 대해 자부심을 가질 권리가 나한테는 있다고 본다. 개들 중 몇은 아주 잘 풀렸는데, 하나는 대사한테 시집갔단다. 하지만 물론 난 요즘 감히 그런 일, 가령 남들이 우릴 어떻게 생각하는지 등을 입에 올리지 않는다. (그녀는 하품한다) 아, 애야! 결국은 잠이 오려나 보다. (그녀는 늘어지게 기지개를 켜고는, 감정의 발산으로 마음이 충분히 누그러져서 밤을 차분히 보낼 자세를 갖춘다).

비비 이제 잠 못 이룰 사람은 나라는 생각이 드네요. (서랍장으로 가서 초에 불을 붙인다. 그리곤 등불을 끄자 방이 제법 어두워진다) 문을 잠그기 전에 공기를 바꾸는 게 낫겠어요. (오두막 문을 열자 달빛이 환한 걸 알게 된다) 정말 아름다운 밤이네요! 보세요! (창문 커튼을 열어젖힌다. 대지 위로 솟아오른 한가위 보름달빛이* 풍경 구석구석에 스며든다).

워렌 부인 (마지못해 경치를 힐끗 보고는) 그렇구나, 애야, 하지만 밤공기에 독감 걸리지 않게 조심하렴.

비비 (무시하는 말투로) 말도 안 돼요.

워렌 부인 (투덜거리는 말투로) 아, 그래. 네 말대로라면 내가 하는 말은 전부 말이 안 되지.

비비 (재빨리 엄마를 돌아보며) 아니에요, 정말 그런 뜻이 아니에요, 엄마.

---

* the harvest moon(수확 달): 추분에서 가까운 보름달이니 한가위 보름달이다. 북유럽에선 이 달빛을 이용해서 수확하기도 한다고 해서 붙여진 이름이다.

오늘 밤 엄마가 저한테 이기셨어요, 전 다른 결과를 거둘 속셈이었지만요. 이제부턴 우리 사이좋게 지내요.

워렌 부인 (고개를 약간 애처로이 저으며) 그래서 다른 결과로 드러났구나. 하지만 내가 승부를 포기한 기분이다. 난 늘 이모한테 졌단다. 이젠 너한테 똑같이 당하는구나.

비비 자, 신경 쓰지 마세요. 잘 주무세요. 늙으신 우리 엄마. (엄마를 두 팔로 감싸 안는다).

워렌 부인 (다정하게) 내가 널 잘 키웠지, 애야?

비비 그럼요.

워렌 부인 불쌍하고 늙은 엄마한테 잘해야 한다, 그래 주지 않겠니?

비비 그럴게요, 엄마. (키스하며) 잘 주무세요.

워렌 부인 (종교적 열정으로) 내 딸을 축복해 주소서! 한 어머니의 축복을!

(신성한 허락을 바라는 듯 위를 쳐다보며 딸을 보호하는 자세로 껴안는다).

제3막

(다음 날 아침, 하늘엔 구름 한 점 없고 햇살이 빛나는 목사관 정원이다. 정원 담장엔 가로막대 5개로 만든 나무대문이 달렸는데, 가운데로는 마차가 드나들 만큼 충분히 여유가 있다. 대문 옆에는 나선형 스프링에 종이 달려서 밖에서 당기면 소리가 집 안까지 들린다. 마찻길은 정원 가운데를 거쳐 왼쪽으로 굽어들자 자갈이 깔린 작은 원형광장에서 끝나고, 광장의 맞은편에 현관이 있다. 대문 너머로는 먼지 날리는 큰길이 담장과 평행하게 보이고, 도로 건너편에 있는 소나무 숲과는 좁은 잔디밭으로 담장 없는 경계를 이룬다. 집과 마찻길 사이에 깔린 잔디 위로는 가지를 손질한 주목 한 그루가 서 있고 그 그늘엔 정원벤치가 놓였다. 맞은편으로는 정원이 회양목 울타리로 막혀 있고, 잔디밭 위에는 작은 해시계가, 그 가까이에는 철제의자가 놓였다. 해시계 뒤로는 회양목울타리를 가로지르는 짧은 길이 나있다.)

(프랭크는 해시계 근처 의자에 앉아 〈스탠다드〉지를 읽는다. 의자는 그가 이 조간신문을 놓아두었던 곳이다. 그의 아버지가 눈은 충혈된 채 몸을 떨며 집에서 나오다가 프랭크와 눈이 마주치자 불

안한 기색을 드러낸다.)

프랭크 (가지고 있던 시계를 보고는) 11시 반이군요. 목사님께서
아침 드시러 나오시기에 알맞은 시간이네요!

목사 비웃지 마라, 프랭크, 비웃지 마. 나는 좀 어-(몸을 떨며).

프랭크 몸이 안 좋으세요?

목사 (그 표현을 거부하며) 아니다, 인마, 오늘 아침엔 기분이 안
좋구나. 너희 엄만 어디 가셨니?

프랭크 놀라지 마세요, 집에 안 계세요. 11시 13분 기차로 베씨*와
시내에 가셨어요. 엄마가 아버지한테 메시지를 남기셨어요. 지금
읽으시겠어요, 아니면 아침 드신 후까지 기다릴까요?

목사 아침은 먹었다, 인마. 손님들이 계신데 네 엄마가 시내에 갔
다니 뜻밖이구나. 손님들이 무척 이상하게 여길 거다.

프랭크 아마 엄마도 그걸 고려하셨겠죠. 아무튼 크로프츠가 여기
묵을 때면 아버진 네 시까지, 불타는 젊은 시절 이야기를 나누면
서 밤을 새우시잖아요. 그때마다 가게에 가서 엄청난 양의 위스키
와 탄산수**를 주문하는 게 빈틈없는 주부로서 엄마의 책임이고요.

---

* 프랭크의 누이.
** 프랭크는 위스키 한 배럴(a barrel of whisky)과 탄산수 수백 병이라고 했다. 위스
키 한 배럴은 약 164리터이니 두 사람이 하룻밤에 마실 수 없는 양이다. 이 과장된
표현으로 프랭크가 아버지의 음주습관을 비난하고 있다. 이 대목은 부친의 음주
로 고통을 받은 작가의 경험을 반영한다고 볼 수 있다.

목사 조지 경이 과음하는 걸 본 적이 없다.

프랭크 보스 상태가 안 좋으셨군요.

목사 네 말은 내가?

프랭크 (나지막이) 성직록을 받는 목사 중에 그렇게 술을 절제하지 못하는 분은 본 적이 없어요. 아버지가 과거 경력에 대해 이야기한 일화는 너무 끔찍해서, 프레드가 어머니와의 우호적인 관계를 고려하지 않았더라면 어젯밤을 우리 지붕 아래에서 묵지 않았을 거예요.

목사 쓸데없는 소리 마라, 인마, 나는 조지 경을 초대한 사람이니 손님을 위해 대화를 끌어나가야 했다. 그런데 그 사람한텐 한 가지 화제밖엔 없으니. 프레드 씨는 지금 어디 갔니?

프랭크 엄마와 베씨를 역까지 배웅하러 갔어요.

목사 크로프츠는 아직 안 일어났니?

프랭크 한참 전에 일어났어요. 그 사람은 아무렇지도 않던데요. 아빠보단 단련이 잘되어 있어요. 오랫동안 몸에 익었나 봐요. 어딘가 담배 피러 나갔겠죠.

(프랭크는 다시 신문을 읽기 시작한다. 목사는 기분이 우울해져서 대문으로 향하다가 우물쭈물하며 되돌아온다).

목사 어-, 프랭크.

프랭크 예.

목사 어제 오후 이래로 워렌 모녀가 여기에 초대받기를 바랄 거라고 보니?

프랭크 그 사람들은 벌써 초대받았어요.

목사 (질려서) 뭐라고!!!

프랭크 아침 먹을 때 크로프츠가 우리한테 말하길, 아버지가 자기한테 워렌 부인과 비비를 오늘 여기에 데려와서 집처럼 편안히 지내도록 하라고 했다던데요. 그래서 엄마는 11시 13분 기차로 시내에 가야 한다는 걸 알게 되었고요.

목사 (절망적으로 격렬하게) 난 결코 그런 초대를 입에 담은 일이 없다. 그런 건 생각할 수도 없어.

프랭크 (동정심이 생겨서) 어젯밤에 무슨 말을 했으며 무슨 생각을 했는지를 어떻게 아세요, 보스?

프레드 (회양목 울타리를 지나서 들어오며) 안녕하세요.

목사 안녕하세요. 아침식사 자리에서 뵙지 못해서 죄송합니다. 저는 약간 저, 저,

프랭크 목사님은 목이 부었어요, 프레드, 다행히 만성은 아니에요.

프레드 (주제를 바꾸며) 그런데 집이 멋진 곳에 자리 잡았다는 걸 말해야겠군요. 정말로 멋져요.

목사 그래요. 정말로 그렇죠. 프레드 씨, 원하시면 프랭크가 함께 산책에 따라나서 줄 겁니다. 아내가 집을 비운 동안 설교문안을 작성하려니 실례해야겠습니다. 편히 즐거운 시간 보내시길 바랍니다. 그래도 되겠죠?

프레드 그럼요. 저한테 조금도 격식을 차리지 마십시오.

목사 감사합니다. 저는 어-어-(그는 현관으로 가는 길에 말을 더듬더니 집 안으로 사라진다).

프레드 왜 매주 설교문안을 작성해야 하는지 궁금하군.

프랭크 아버지가 그랬으면 정말 궁금하고말고요. 아버진 설교문안을 돈 주고 사는데요. 지금은 소다수 마시러 가는 거예요.

프레드 아이고 이 사람아, 부친한테 존경심을 가지길 바라네. 자네도 알다시피 마음만 먹으면 제법 친절할 수 있다네.

프랭크 친애하는 프레디, 내가 목사님과 함께 살아야 한다는 걸 잊으셨군요. 두 사람이 함께 사는 경우, 관계가 부자간인지 부부간인지 남매간인지는 중요한 게 아니에요. 예의를 차리는 체하는 것도, 오후 나절에 잠시 방문하는 경우엔 쉬워도 오래 지속할 수는 없답니다. 목사님은 가정적인 면에서 칭찬할 만한 점이 많은 분인 반면에, 양같이 우유부단하면서 수탕나귀같이 거드름피우거나 덤벼드는 성향을 겸비한 분이지요.

프레드 안 돼, 제발, 제발, 친애하는 프랭크, 잊지 말게! 그분은 자네 아버질세.

프랭크 나도 그 점에 대해선 아버지의 노고를 인정한다고요. (일어서서 신문을 내팽개치며) 하지만 아버지가 크로프츠에게 워렌 모녀를 여기 데려오라고 말했다는 걸 상상해 보세요! 아버지가 엄청 취했던 게 분명해요. 이보세요, 친애하는 프레디, 우리 엄마는 워렌 부인을 잠시도 참아낼 수 없어요. 부인이 시내로 되돌아가기 전에는 비비가 여기 와선 안 된다고요.

프레드 하지만 자네 모친은 워렌 부인에 대해선 아는 게 없지 않은가? (그는 신문을 집어 들고 앉아서 읽기 시작한다).

프랭크 모르겠어요. 시내에 나간 걸 보면 엄마가 알고 있나 봐요. 엄마가 흔히 겪는 식으로 신경을 쓰는 건 아니에요. 엄만 그동안 곤경을 겪는 많은 여자들을 응원하는 마음가짐을 가져왔어요. 하지만 그 모든 여자들은 좋은 사람들이었어요. 그게 바로 진짜 차이예요. 분명 워렌 부인은 나름 장점을 가진 분이긴 하지만 너무 거칠어서 우리 엄마가 참아낼 수 없을 거예요. 그래서, 저런! (이 감탄사는 목사가 다시 등장했기 때문에 터져 나온 것인데, 그는 당황한 채 허겁지겁 집밖으로 나오는 중이다).

목사 워렌 모녀가 크로프츠와 함께 관목 숲을 가로질러 오는구나. 서재 창문으로 봤단다. 너희 엄마에 대해선 뭐라고 말해야 하지?

프랭크 모자를 쓰고 나가서 뵙게 되어 반갑다고 말하세요. 그리곤 프랭크는 정원에 있고, 엄마와 베씨가 친척 병문안 가는 바람에 기다리지 못해 미안하다고 말하세요. 또 부인이 잘 주무셨길 바란다고도 하고, 또, 또, 사실만 빼고 아무런 축복의 말이라도 해주세요. 그리고 나머진 신의 뜻에 맡기시고요.

목사 하지만 다음엔 저들을 어떻게 하지?

프랭크 지금은 그걸 생각할 틈이 없어요. 여기요! (그는 집으로 뛰어 들어간다).

목사 저애는 참 충동적이에요. 쟤를 어째야 좋을지 모르겠어요, 프레드 씨.

프랭크 (성직자용 중절모를 들고 나와서는 제 아버지의 머리에 휙 씌워 준다) 이제, 가세요. (아버지를 대문으로 밀어낸다) 우연히 마주친 것처럼 프레드와 난 여기서 기다릴게요. (목사는 멍했지만 고분고분해져서 서두른다).

프랭크 늙은 여자를 어떻게든 시내로 보내 버려야 해요, 프레드. 자! 솔직히 말해서, 프레드, 두 여자를 같이 보고 싶으세요?

프레드 아, 왜 안 되나?

프랭크 (몹시 짜증이 나서) 그게 당신을 조금도 메스껍게 만들지 않는다고요? 그 사악한 늙은 악마는 태양아래 나쁜 짓은 다 저지르고, 장담하건대, 또 비비는, 억!

프레드 쉿, 제발. 사람들이 오고 있어.

(목사와 크로프츠가 길을 따라 오는 게 보이고, 워렌 부인과 비비가 둘이서 정답게 걸어온다).

프랭크 보세요. 쟤가 팔을 늙은 여자 허리에 두르고 있어요. 오른 팔을요. 쟤는 시작한 거예요. 정에 약해진 거라고요. 하느님 맙소사! 억! 억! 지금 소름 돋지 않으세요? (목사가 대문을 열자 워렌 부인과 비비가 그를 지나 정원의 한가운데 서서 집을 둘러본다. 프랭크는 저도 모르게 시치미를 떼고는 워렌 부인을 향해 명랑하게 외친다) 다시 뵙게 되어 정말 반가워요, 워렌 부인. 이 조용하고 고풍스런 목사관 정원이 부인과 완벽히 잘 어울려요.

워렌 부인 이런, 난 전혀! 저 말 들었나요, 조지? 내가 이 조용하고 고풍스런 목사관 정원에 잘 어울린다는군요.

목사 (목사는 크로프츠를 위해 여전히 대문을 잡고 있는데, 크로프츠는 꽤나 지루한 듯 어슬렁거리며 문을 지나온다) 당신은 어디에나 잘 어울리죠, 워렌 부인.

프랭크 브라보, 보스! 여길 보세요, 점심 들기 전에 안내해드립시다. 먼저 교회를 보시죠. 모두 그렇게 하셔야 해요. 이건 13세기의 전형적인 교회 건물로 목사님이 매우 아끼고 계시지요. 스스로 기금을 마련해서 6년 전에 완전히 복원하셨으니까요. 프레드가 건물의 특징을 지적해 줄 수 있을 겁니다.

프레드 (일어서며) 물론이죠, 복원 중 볼만한 걸 남겨 둔 게 있으면 말입니다.

목사 (손님들에게 친밀감이 생겨 멍하니 바라보다가) 조지 경과 워렌 부인이 정말 관심이 있으시면 분명 제가 기쁘겠습니다.

워렌 부인 아, 같이 가요, 가서 봅시다.

크로프츠 (대문을 향해 몸을 돌리며) 이의가 없소이다.

목사 그리로 말고. 괜찮으시면 마당을 거쳐 갑시다. (그는 회양목 울타리를 지나는 길로 안내한다).

크로프츠 아, 좋소이다. (그는 목사를 따라간다).

(프레드는 워렌 부인을 뒤따르고 비비는 꼼짝도 않는다. 그녀는 강한 결의를 얼굴에 담은 채, 사람들이 사라질 때까지 지켜본다).

프랭크 안 올 거니?

비비 안 갈래. 너한테 경고를 하나 주고 싶어. 네가 방금 전에 목사관 정원 어쩌고 한 얘기는 우리 엄마를 놀린 거야. 앞으론 그러지 마. 너희 엄마를 대접하는 것과 마찬가지로 우리 엄마를 존경으로 대접해 줘.

프랭크 내 귀여운 비비. 너희 엄만 그걸 고맙게 여기지 않을 거야. 두 경우는 다른 대접을 요하는 거야*. 도대체 무슨 일이 있었던 거니? 어젯밤에 우리는 너희 엄마가 속한 부류에 관해 완전히 합의에 이르렀지. 오늘 아침에 보니 넌 엄마 허리에 팔을 두르고 다정한 체하더라.

비비 (얼굴을 붉히며) 체라고!

프랭크 내겐 그런 인상을 주었어. 너한테서 그런 안 좋은 모습은 처음 봤어.

비비 (자제하고는) 그래, 프랭크, 변화가 있었어. 하지만 나쁜 쪽으로 일어난 변화는 아니라고 봐. 어제 난 까다로운 아이처럼 굴었어.

프랭크 그럼 오늘은?

---

* 가족관계와 주객관계는 다르다는 주장이다. 연인이나 부부 사이에 이런 갈등은 오늘날에도 흔하다.

비비 (주춤하고는 그에게서 눈을 떼지 않고 바라본다) 오늘은 우
리 엄마에 대해서 네가 아는 것보단 더 잘 알게 되었어.

프랭크 맙소사!

비비 무슨 뜻이지?

프랭크 비비, 철저히 부도덕한 사람들 사이에는 말없이 통하는 동
료의식이라는 게 있다는 걸 넌 몰라. 너는 너무 고결해. 그 동료
의식은 너희 엄마와 나 사이의 끈이야. 바로 그 덕분에 내가 너보
단 너희 엄마를 잘 아는 거라고.

비비 네가 틀려. 넌 우리 엄마에 대해선 아무것도 몰라. 우리 엄마
가 고군분투했던 처지를 알면-

프랭크 (잽싸게 대꾸하길 끝내며) 너희 엄마가 무슨 일을 하는지,
왜 그런 일을 하는지에 대해 내가 알아야 하겠지? 그러면 무슨 차
이가 있는데?

처지의 문제건 아니건 비비, 넌 너희 엄마를 참아낼 수 없어.

비비 (몹시 화나서) 왜 안 되는데?

프랭크 너희 엄만 늙고 비열한 사람이니까, 비비. 내 눈앞에서 다
시 너희 엄마의 허리에 팔을 두르기만 하면, 나한테 반감을 드러
낸 데 대해 항의하는 뜻으로 난 그 자리에서 당장 죽어 버리고 말
거야.

비비 내가 너하고 헤어지지 않으면 우리 엄마하고 헤어져야 하는
거니?

프랭크 (품위 있게) 너와 헤어지면 저 늙은 부인께선 엄청 곤경에 빠질 테지. 아니야, 비비. 너한테 반한 도련님은 어떠한 경우라도 너한테 딱 달라붙어 있느라, 부인을 돕는 일엔 손가락도 까딱할 수 없을 거야. 하지만 도련님은 오히려 네가 실수나 하지 않을까 걱정하는 거야. 그래봐야 소용없어, 비비, 너희 엄만 구제불능이야. 너희 엄만 좋은 분이기도 하지만 나쁜 사람이야, 정말 나쁜 사람이라고.

비비 (열불이 나서) 프랭크! (그는 당당히 맞선다. 그녀는 몸을 돌려 주목 아래의 벤치에 앉아서 자제하려고 애쓴다. 그리곤 말한다) 네가 나쁜 사람이라고 말했다는 이유로 우리 엄마가 세상에서 버림받아야 하는 거니? 우리 엄만 살 권리도 없니?

프랭크 두려워하지 마, 비비. 너희 엄만 버림받지 않아. (그는 벤치 위 옆자리에 앉는다).

비비 하지만 난 우리 엄말 버리기로 되어 있나 봐.

프랭크 (그녀를 아기처럼 달래며 달콤한 목소리에 사랑을 담아) 너희 엄마와 같이 살면 안 돼. 엄마와 딸이 이루는 작은 식구로는 성공할 수 없어. 그럼 우리 귀여운 가족을 망치게 된다고.

비비 (영향을 받아서) 어떤 귀여운 가족?

프랭크 숲속의 아기들인, 비비와 귀여운 프랭크 말이야. (그는 피곤한 아이처럼 그녀에게 기대 눕는다) 가서 나뭇잎 이불을 덮자.

비비 (리듬에 맞춰 유모처럼 그를 흔들어 주며) 어서 잠들어라, 나무 아래에서 손에 손 잡고.

프랭크 영리한 아가씨와 어리석은 도련님이.

비비 소중한 도련님과 촌스러운 아가씨가.

프랭크 속박을 벗어나 너무나 평화롭게 살았대요. 도련님의 무능한 아버지와 아가씨의 수상쩍은-

비비 (마음을 건드리는 말을 가로막으며) 쉬이, 아가씨는 자기 엄마에 대해 모든 걸 잊고 싶어 해요. (둘은 서로를 흔들어 주면서 잠시 동안 말이 없다. 그다음 그녀는 충격에 휩싸여 외치며 일어선다). 이 무슨 한심한 한 쌍의 머저리람! 자, 바로 앉아. 이런! 네 머리칼이. (그녀는 프랭크의 머리를 매만져 준다) 아무도 안 볼 때면 왜 어른들은 모두 이런 유치한 놀이를 하는지 모르겠어. 난 어릴 때에도 이런 걸 해본 적이 없어.

프랭크 나도 마찬가지야. 네가 내 첫 소꿉친구야. (그는 그녀의 손을 잡고 거기에 입을 맞추는 한편 주변을 둘러보는 조심성을 발휘한다. 뜻밖에도 크로프츠가 회양목 울타리에서 나타난 걸 본다) 이런, 망할!

비비 왜 망해?

프랭크 (속삭이며) 쉬, 짐승 같은 크로프츠야. (태연한 척 그녀와 떨어져 않는다).

크로프츠 얘기 좀 나눌 수 있을까, 비비 양?

비비 물론이죠.

크로프츠 (프랭크에게) 실례 좀 하겠네, 가드너 군. 교회에서 모두 자넬 기다리니 괜찮으면 가 보게.

프랭크 (일어서며) 교회로 가라는 것만 빼곤 말씀대로 합죠, 크로 프츠. 내가 필요하면 초인종을 울려 줘, 비비. (조용히 예의를 갖 춰 집으로 들어간다).

크로프츠 (그가 사라지는 모습을 바라보며 꿍꿍이가 있는 듯이, 비 비와 무슨 허락이라도 받은 사이인 것처럼 말한다) 쟨 명랑한 친 구야, 비비. 돈이 없는 게 딱하지 않니?

비비 그렇게 생각하세요?

크로프츠 글쎄, 뭘 할 수 있겠니? 직업 없지, 재산 없지, 장점이 뭐야?

비비 저 애의 불리한 처지를 알고 있답니다. 조지 경.

크로프츠 (너무 날카롭게 제지당해서 약간 놀라며) 아, 그런 뜻이 아니야. 하지만 이 세상에 사는 한, 돈은 돈이야. (비비는 대답하 지 않는다) 좋은 날이지, 그렇지 않아?

비비 (분위기를 유지하려는 노력에 대해 경멸하는 마음을 숨기지 못하고) 정말 그래요.

크로프츠 (그녀의 용기가 마음에 들었다는 듯이 거친 유머감각을 발휘해서) 자, 그런 얘길 하러 온 건 아니고. (옆에 앉으며) 들어 봐, 비비 양. 내가 젊은 여자에게 어울리는 남자가 아니라는 건 잘 알아.

비비 진심이세요, 조지 경?

크로프츠 어울리지 않지, 그리고 솔직히 말해서 그렇게 되길 바라
지도 않아. 하지만 내가 말을 뱉으면 그건 진심이고, 어떤 감정을
느끼면 그건 진정으로 그런 것이고, 가치 있다고 판단하면 바로
현찰을 내밀지. 나는 그런 사람이야.

비비 그게 당신의 크나큰 자랑임이 분명해요.

크로프츠 아, 자화자찬하는 게 아니야. 하늘도 알다시피 난 결점도
있어. 그에 대해 누구도 나만큼 아는 사람은 없어. 내가 완벽하
지 않다는 것도 알지. 그 점은 중년 남자의 이점이지. 내가 젊지
않으니 알게 된 것이지. 내가 지키는 규범은 간단하지만 유용하
지. 남자와 남자 사이에는 명예를 존중해야 하고, 남자와 여자 사
이에는 성실성을 지켜야 하고, 이 종교냐 저 종교냐에 대해선 금
지사항이 없지만, 전체적으로 봤을 때 사물은 선에 이바지한다는
정직한 믿음은 가져야 하지.

비비 (신랄하게 비꼬아서) 우리 스스로가 아니라 힘이 정의에 이
바지한다고요?

크로프츠 (그녀의 말을 심각하게 받아들이며) 아, 물론 우리 스스
로가 아니지. 무슨 뜻인지 아는군. 자, 이제 실질적인 주제로 들
어가지. 넌 내가 돈을 낭비했을 걸로 알고 있을지 모르지만 난 그
러지 않았어. 애초에 재산을 물려받았을 때보다 지금이 더 부자
야. 다른 사람들이 간과한 방법을 따르는 투자 지식을 사용해 왔
어. 뭐가 될지언정, 나는 돈에 관한 한 안전한 남자야.

비비 이 모든 걸 다 말해 주시다니 참 친절하시군요.

크로프츠 아, 글쎄, 이봐, 비비 양. 내가 뭘 의도하는지 모르는 척
할 필요는 없어. 난 크로프츠 부인을 맞이해서 정착하려는 거야.
나를 매우 무뚝뚝한 사람으로 생각하는 줄로 아는데 그렇지?

비비 전혀 아니에요. 당신의 확고하고 사무적인 소통방식에 감사
해요. 돈과 지위, 크로프츠 부인 등 제안에 대단히 감사합니다.
하지만 괜찮으시면, 아니라고 대답해야겠다고 생각합니다. 죄송
하지만 거절하겠어요. (그녀는 일어서서 그로부터 벗어나기 위해
해시계로 천천히 걸어간다).

크로프츠 (여러 차례 거절하는 것이 구혼의 의례적인 절차라도 되
는 양, 조금도 위축되지 않고 공간이 넓어진 이점을 활용해서 더
편안하게 자세를 취하며) 난 바쁠 게 없어. 젊은 가드너가 너한테
수를 쓸 경우에 대비해서 알려 주는 것일 뿐이야. 사안은 미정인
채로 남겨두지.

비비 (날카롭게) 이건 내 마지막 대답이에요. 번복하지 않을 거예요.
(크로프츠는 개의치 않는다. 그는 싱긋이 웃으며, 자신의 지팡이
로 풀밭에 있는 운 나쁜 벌레를 찌르기 위해 팔꿈치를 무릎에 기대
면서 비비를 교활하게 바라본다. 그녀는 조바심이 나서 몸을 돌린
다).

크로프츠 나는 너보다 나이가 훨씬 많아. 스물다섯 살 차이니 사반
세기지. 내가 영원히 살 것도 아니니, 죽은 후에도 널 유복하도록

돌봐 줄 거야.

비비 나한텐 그런 동기도 통하지 않아요, 조지 경. 제 답을 받아들이는 게 낫다고 생각하지 않으세요? 내가 바꿀 가능성은 조금도 없어요.

크로프츠 (일어서며 데이지에 마지막으로 일격을 가하곤 그녀에게 다가와서) 글쎄, 상관없어. 네가 충분히 빨리 마음을 바꾸게 할 무언가를 얘기해 줄 수 있지만, 정직한 사랑으로 널 차지하는 게 낫겠어. 나는 너희 엄마와 아주 좋은 친구로 지내 왔는데, 아닌가 물어보렴. 엄마에게 빌려준 돈은 말할 것도 없고, 내 조언과 도움이 없었더라면 엄마는 네 교육에 드는 비용을 결코 벌 수 없었을 거다. 나만큼 엄말 후원해 준 남자는 많지 않다. 난 처음부터 끝까지 그 일에 적어도 4만 파운드는 들였단다.

비비 (그를 노려보며) 당신이 우리 엄마 동업자란 뜻이에요?

크로프츠 그래. 이제 그냥 생각해 봐라. 이 전체를 한 가족 안에다 묶어 두면 모든 문제와 해명을 줄일 수 있다는 걸 말이다. 생판 남한테 자신의 모든 상황을 해명해야 하는 처지를 바라는지 엄마한테 물어보렴.

비비 사업은 처분했고 돈은 다른 곳에 투자했으니 별 어려움은 없어 보이는데요.

크로프츠 (말을 가로막으며 놀라서) 처분해! 경기가 최악인 해에도 연 35%[*]의 수익을 안겨 주는 사업을 처분해! 말도 안 돼. 누가 그러더냐?

비비 (얼굴이 창백해져서) 그 말의 의미는 사업을 아직도-? (그녀는 갑자기 멈추고 몸을 지탱하기 위해 해시계를 손으로 짚는다. 그다음엔 재빨리 철제 의자로 가서 앉는다).

무슨 사업을 말씀하시는 거예요?

크로프츠 자, 사실 이 사업은 내 입장에서 보자면 온전히 고품격 사업으로 여겨지지는 않는단다. 이건 지주계급이 사는 시골지역의 입장이기도 하고, 네가 내 제안을 잘 고려하기만 하면 우리 입장이 되는 거다. 무슨 비밀이 있는 것도 아니다. 그 점은 생각도 마라. 물론 네 엄마가 개입한 걸로 봐서 알겠지만 이건 완벽히 공정하고 정직한 사업이란다. 나는 오랜 세월 네 엄마를 알아 왔다. 네 엄마는 그른 일에 손을 대느니 차라리 두 손을 자르고 말 사람이란 걸 난 장담할 수 있다. 네가 원하면 난 모든 걸 말해 줄 거다. 혹시 여행 중에 정말 편안하고 비밀이 보장되는 호텔을 찾기가 얼마나 어려운지를 아는지 모르겠구나.

비비 (불편해서 얼굴을 돌리며) 그래요, 계속하세요.

크로프츠 글쎄, 그게 다야. 너희 엄만 그런 일을 관리하는 데 비범

---

[*] 당시 안전한 채권의 수익률은 5%[1]였으니, 크로프츠와 워렌 부인의 사업은 그 7배의 수익을 올렸다는 말이다.

한 재능을 가졌단다. 우린 브뤼셀에 호텔 두 갤 가지고 있고, 오스텐드에 하나, 비엔나에 하나, 부다페스트엔 두 갤 가지고 있어. 물론 우리 말고도 그 업에 참여한 사람들이 있지만 우리가 자본의 대부분을 거머쥐고 있고, 너희 엄만 총지배인으로서 없어선 안 되는 인물이란다. 감히 말하자면, 너도 알다시피 엄만 엄청나게 돌아다닌단다. 하지만 밖에 나가서 이런 일을 얘기하면 안 된다. 누가 호텔이란 말을 한 번 내뱉으면 남들은 모두 그 사람이 선술집*을 소유하는 걸로 오해할 거다. 네 엄마가 사람들한테 그런 말을 듣는 걸 바라진 않겠지? 그게 바로 우리가 사업에 대해 언급을 삼가야 하는 이유란다. 어쨌든 너만 알고 있을 거지, 그렇지? 이게 오랫동안 비밀이었으니 앞으로도 그러는 게 낫겠어.

비비 그리고 이게 바로 당신이 나한테 동참하라고 청하는 사업이라고요?

크로프츠 아, 아니야. 내 아내가 사업으로 골머리를 앓을 필요는 없지. 넌 늘 해 왔던 것 이상으로는 동참할 필요가 없어.

비비 내가 늘 동참해 왔다고요? 무슨 뜻이죠?

크로프츠 내 말은 네가 그동안 늘 그 사업을 바탕으로 살아왔다는 뜻일 뿐이야. 네가 받은 교육비와 걸친 옷값이 모두 거기서 나왔

---

* 줄여서 펍(pub)이라고 부르는 public house는 맥주 등을 주로 파는 대중적 술집이니 우리로 치면 대폿집에 가깝다.

어. 이 사업을 깔보지 마라, 비비, 그게 없었으면 네 뉴넘과 거튼[*] 이 어디에 있겠니?

비비 (일어서며 거의 이성을 잃은 듯이) 조심하세요. 이 사업이 어떤 건지 알아요.

크로프츠 (깜짝 놀라며 말을 자제해서) 누가 너한테 얘기해 주더냐?

비비 당신의 동업자. 우리 엄마죠.

크로프츠 (분노로 얼굴이 검붉어져서) 이런 늙어빠진-

비비 정확한 표현이네요.

(그는 욕을 참다가 몹시 화가 나서 욕을 내뱉으며 일어선다. 하지만 그는 상대와 공감하는 것이 자신의 역할임을 안다. 화가 나도 아량을 보여야 한다고 생각하며 마음을 다독인다).

크로프츠 네 엄마는 너에 대해 더 배려해야 했어. 나라면 너한테 말해 주지 않았을 거야.

비비 우리가 결혼했더라면 말했겠죠. 날 길들이는 데 편리한 무기였을 테니까요.

크로프츠 (매우 진지하게) 전혀 그럴 뜻이 없었어. 신사로서 한마디 하건대, 전혀 없었어.

(비비는 그를 의아히 여긴다. 그가 부인하자 그녀는 반감이 생겨서 마음을 진정시키는 한편 어찌할지를 준비한다. 그녀는 경멸감을

---

[*] 거튼 대학은 케임브리지 대학교에 세운 최초의 여성교육기관이다. 돈을 어떻게 벌었든 자본가의 기부가 없었으면 두 대학은 설립될 수 없었을 것임을 말하는 한편, 비비가 뉴넘에서 받은 교육도 불가능했음을 말하고 있다.

담아서 냉정하게 대답한다).

비비 그건 중요한 게 아니에요. 오늘 이후로 우리 교제는 막을 내린다는 걸 이해하리라고 봐요.

크로프츠 왜? 그게 엄마한테 도움이 되겠니?

비비 엄마는 자기가 했던 대로밖에는 달리 합당한 선택의 여지가 없던, 몹시 가난한 여인이었어요. 당신은 부유한 신사계급이었는데도 연 35%의 수익을 위해 똑같이 했고요. 난 당신이 전형적인 불한당이라고 봐요. 그게 당신에 대한 내 판단이에요.

크로프츠 (한 번 노려본 후, 조금도 불쾌하지 않은 듯이, 이전의 의례적인 언사보다는 이런 솔직한 표현에 더 편해져서) 하! 하! 하! 하! 해 봐, 아가씨, 해 봐. 그래봐야 난 손해 볼 게 없어. 너로선 후련하겠지만. 도대체 왜 내 돈을 그런 식으로 투자해선 안 되는데? 나도 다른 사람들처럼 내 자본에 대한 수익을 챙기는 거라고. 내가 그 일로 직접 손을 더럽힌다고 생각하지 말길 바라.

이봐! 넌 우리 어머니의 사촌인 벨그라비아 공작이 수상쩍은 방식으로 집세를 걷는다는 이유로 그와의 교제를 사양하진 않을 테지. 내가 보기엔, 네가 캔터베리 대주교를 무시하지도 않을 걸. 국교회 교무위원회가 술집 주인과 죄 있는 사람들을 소작인으로 받아들였다는 이유로 말이야. 뉴넘 대학의 크로프츠 장학금을 기억하니? 자, 그건 국회의 하원의원인 우리 형이 기금을 댄 거야. 형은 공장에서 연 22%의 수익을 올리지. 거기서 600명의 여자애들이 일하는데, 생계유지에 충분한 임금을 받는 애는 아무도 없어. 기댈 가족이 없다면 걔들이 어떻게 살아갈 거라고 생각하니? 네 엄마한테 물어봐. 내가 연 35%의 수익을 저버리길 기대하니? 다른 사람들은 분별 있게 투자하는 사람들처럼 힘껏 제 주머니를 채우는데? 그런 바보는 없어! 네가 그런 도덕적 원칙에 따라 교제를 선택하는 경우, 번듯한 사회에서 고립되길 바라지 않는다면 이 나라를 떠나는 게 나을 거야.

비비 (양심에 충격을 받아) 내가 쓴 돈이 어디서 온 거냐고 따져 묻지 않았다는 것까지 지적해도 좋아요. 내가 당신만큼이나 나쁘다고 믿으니까요.

크로프츠 (자신감을 엄청 회복하고는) 물론 그렇지. 그건 좋은 일이기도 하고! 어쨌든 그게 손해될 게 뭐람? (그녀를 익살스럽게 자극하며) 이제 생각이 거기까지 미쳤으니 나를 불한당으로 여기지는 않겠지, 그렇지?

비비 나는 여태껏 당신과 이익을 공유했지요. 그리고 당신을 어떻게 생각하는지도 말했죠.

크로프츠 (진지하게 친밀해져서는) 분명 그랬지. 넌 날 더 이상 나쁘게 보지 않을 거야. 난 지적으로 높은 수준에 도달하는 데는 관심이 없지만 엄청 정직한 사람이야.

옛 크로프츠 핏줄은 저급한 것을 본능적으로 싫어하는 집안 출신이야. 분명 공감할 거야. 믿어 줘, 비비 양, 세상은 비관론자들이 이해하는 것처럼 그런 나쁜 곳이 아니야. 네가 세상의 규범에서 유별나게 벗어나지 않으면 세상도 너한테 불편한 질문은 하지 않는다. 사회는 규범을 위반하는 사람들을 신속히 제재하지. 비밀이란 아무나 추측할 때 제일 잘 지켜지는 법이거든. 내가 너한테 소개하는 사람들 중에는 내 사업과 네 엄마에 대해 언급할 만큼 자기 주제를 모르는 사람은 없다. 나를 빼놓으면, 너한테 더 안전한 지위를 제공할 수 있는 남자는 없어.

비비 (그를 자세히 살피더니) 당신은 나하고 사이가 정말로 좋아진 것으로 생각하는 것 같네요.

크로프츠 그래, 난 네가 처음보단 날 더 좋게 본다고 자신하고 싶어.

비비 (조용히) 난 당신이 조금도 고려할 가치가 없는 사람이라고 봐요. 당신을 사회가 용납해 주고 법률이 감싸주는 걸 고려할 때! 열 중 아홉의 여자애들이 당신과 우리 엄마의 손아귀에서 얼마나 불쌍한 처지에 있을지를 고려할 때! 입에 담을 수도 없는 여자와 그 뚱쟁이 자본가

크로프츠 (노발대발해서) 이런 빌어먹을!

비비 그렇게 욕할 필요도 없어요. 난 이미 빌어먹은 기분이니까.

(그녀는 대문을 열고 나가려고 빗장을 들어올린다. 그는 그녀를 따라와 문을 열지 못하게 맨 위 가로막대를 손으로 꽉 잡는다.)

크로프츠 (분노로 숨이 차서) 내가 이걸 참을 줄 알아, 이 어린년아?

비비 (태연하게) 조용하세요. 초인종 소리에 누군가 나올 거예요.

(한 발짝도 주춤하지 않고 손등으로 초인종을 친다. 종이 땡그랑 하고 요란하게 울리자 그가 마지못해 물러서기 시작한다. 거의 동시에 프랭크가 총을 들고 현관에 나타난다).

프랭크 (진심으로 정중하게) 이 총 받을래, 비비, 아니면 내가 해치울까?

비비 프랭크, 듣고 있었니?

프랭크 (정원으로 내려오며) 장담하건대 종소리만, 그래서 네가 기다리지 않아도 된 거지. 내가 당신의 인간성을 꿰뚫어보고 있다는 걸 알려 줬다고 생각하는데, 크로프츠.

크로프츠 총을 빼앗아 네 머리에다 쳐서 분질러 버리기는 식은 죽 먹기야.

프랭크 (그에게 조심스럽게 다가가며) 제발 그러지 마시지. 내가 총 다루는 데 조심성이 없어서 말이야. 내가 주의 태만으로 검시 배심원으로부터 견책이야 받겠지만 치명적인 사고로 판정될 게 분명해.

비비 총 치워, 프랭크, 이럴 필요가 조금도 없어.

프랭크 정말 맞아, 비비. 진정한 스포츠맨이라면 이런 놈은 덫으로 잡아야 제격이지. (크로프츠는 모욕임을 알아듣고는 위협하는 동작을 한다) 크로프츠, 여기 탄창엔 총알이 열다섯 발이나 들었어. 이 정도 거리에서 당신만 한 목표물이면 난 백발백중이지.

크로프츠 아, 겁먹을 필요 없어. 널 건드리진 않을 거야.

프랭크 상황이 상황이니만큼 기품 있게 나오시는군! 고마우셔라.

크로프츠 가기 전에 이것만 말해 주지. 둘이 서로 좋아하는 사이니 관심이 있을 거야. 프랭크 군, 허락하면 자네 이복누님을 소개하 겠네. 새뮤얼 가드너 목사의 맏따님이지. 비비 양, 네 이복동생이 야. 안녕! (그는 대문을 나가서 길을 따라간다).

프랭크 (망연자실해서 잠시 멈추었다가 총을 들어올리며) 검시관 에게 사고란 걸 증언해 줄 거지, 비비. (크로프츠의 멀어져 가는 뒷모습을 향해 총을 겨눈다. 비비는 총구 쪽을 거머쥐고는 제 가 슴으로 끌어당긴다).

비비 당장 쏴. 그래도 좋아.

프랭크 (총의 자기 쪽 끝을 급히 놓으며) 그만둬. 조심해야지. (그 녀는 총을 놓아준다. 총이 잔디밭에 떨어진다) 자기 도련님한테 충격을 주다니. 발사됐어 봐, 헉! (그는 정원 의자에 주저앉아 맥 이 풀리고 만다).

비비 그랬다고 생각해 봐. 몸을 꿰뚫는 신체적 고통을 느끼는 게 오히려 위안이 된다고 생각되지 않니?

프랭크 (구슬려 다독이며) 진정해, 사랑하는 비비. 기억해둬. 저 놈을 총으로 위협해서 평생 처음으로 사실을 말하게 했더라도, 우리는 진정으로 숲속의 아기만큼 순진하고 무력할 뿐이야. 이리 와서 나뭇잎 이불을 덮자.

비비 (넌더리가 난다는 듯 울음을 터뜨리며) 아, 안 돼, 안 돼. 넌 날 소름 돋게 해.

프랭크 왜, 무슨 일이야?

비비 잘 있어. (그녀는 대문으로 향한다).

프랭크 (뛰어 오르며) 이봐! 멈춰! 비비! 비비! (그녀는 문밖에 나서서 대문을 되돌려 둔다) 어디 가니? 우린 어디서 만나는 거니?

비비 평생을 챈서리 골목 67, 호노리아 프레이저 사무실에서 지낼 거야. (크로프츠가 간 반대방향으로 재빨리 걸어간다).

프랭크 하지만 할 말이- 기다려- 젠장! (그녀를 뒤따라 달려간다).

제4막

(챈서리 골목의 호노리아 프레이저 변호사의 사무실이다. 뉴스톤 빌딩 꼭대기 층에 있는 사무실에는 판유리창과 전등, 특허 받은 난로가 설치되어 있다. 토요일 오후다. 창문으로는 링컨스 인 변호사회[*]의 굴뚝과 그 너머 서쪽 하늘이 보인다. 방 가운데에는 작업테이블 두 개를 붙여 놓았다. 그 위에는 담배 상자와 재떨이, 이동식 독서등이 있는데, 등은 서류더미와 책으로 거의 덮이다시피 한다. 무릎을 넣을 공간이 있으며 좌우측에 의자가 놓인 이 테이블은 어수선하여 깔끔하지가 않다. 높다란 스툴의자가 놓인 서기용 테이블은 아랫부분이 막혀 있으며 깔끔한데, 안쪽의 방들로 통하는 문 가까이의 벽에 닿아 있다. 건너편 벽에는 복도로 나가는 문이 있다. 문의 윗부분 패널은 불투명 유리로 만들었는데, 바깥에는 검은 글씨로 '프레이저와 워렌'이라고 쓰여 있다. 이 문과 유리창 사이의 구석

---

* Lincoln's Inn: 런던에는 모두 네 개의 변호사회(the Inns of Court in London)가 있어서 회원들에게 회의실과 도서관, 운동시설, 식당, 숙소 등의 편의를 제공한다. 그중 링컨 변호사회는 가장 규모가 크고 유명하다. 가까이에 법원과 런던 정경대 등 교육기관도 모여 있다. 이런 주변 환경과 가깝다는 이유로 프레이저 변호사가 챈서리 골목에 사무실을 마련했다. 창문 밖으로 보이는, 이 변호사회의 높이 솟은 굴뚝은 비비가 지향하는 바를 상징한다. 오두막에서 비비 워렌이 법률을 공부한 것도 다 이곳과 관련이 있다.

을 녹색 모직 천으로 만든 가림막이 가려 준다.)

(프랭크가 사무실 안에서 왔다 갔다 하는데, 색이 옅은 스포츠코
치용 유행정장을 입고는 지팡이와 장갑, 흰 모자를 손에 들고 있다.
누군가 열쇠로 문을 열려고 한다).

프랭크 (큰소리로) 들어와요. 안 잠겼으니.

(비비가 모자를 쓰고 재킷을 입은 채 들어온다. 멈춰서 프랭크를
빤히 바라본다).

비비 (단호하게) 웬일이니?

프랭크 너 만나려고 기다리지. 여기서 엄청 오래 있었어. 이런 식으
로 회사에 다니는 거니? (그는 모자와 지팡이를 테이블 위에 올려 두
고는 스툴의자에 뛰어 올라 앉는다. 겉모습으로 보자면 프랭크는 각
별히 불안한 듯, 놀리는 듯, 무례한 듯한 태도로 그녀를 바라본다).

비비 커피 한 잔 하러 정확히 이십 분간 자리를 비웠어. (그녀는 모
자와 재킷을 벗어서 가림막 뒤에 걸어 둔다) 어떻게 들어온 거니?

프랭크 도착했을 때는 남자 직원이 있었어. 그 사람은 프림로즈 힐[*]
에 크리켓하러 갔어. 왜 여성을 고용해서 너희 동류[**]에게 기회를 주

---

[*] Primrose Hill: 템즈강 북쪽, 해발고도 64미터의, 경사가 완만한 언덕으로 런던의 전
   망대 역할을 하는 공원이다.
[**] 이 표현(your sex, 네 성(性))으로 프랭크는 비비의 독립생활을 비꼰다. 비비의 동
   료가 남성인 것에 빗대어 '너는 독립하면서 왜 다른 여성의 독립은 돕지 않느냐?'
   는 뜻이다.

지 않는 거니?

비비 무슨 일로 왔니?

프랭크 (스툴에서 뛰어내려서 그녀에게 다가오며) 비비, 토요일이
니 그 직원처럼 반공일 삼아 어디 가서 즐기자.
리치먼드공원에 갔다가, 연주회장, 그다음에 즐거운 저녁식사는
어때?

비비 그럴 수 없어. 난 자러 가기 전에 여섯 시간은 꼬박 일해야 해.

프랭크 그럴 수 없다? 우리가 그럴 수 없다고? 아, 여길 봐. (그는
금화를 한 주먹 꺼내서 짤랑거리며) 금이야, 비비, 금이라고.

비비 어디서 난 거니?

프랭크 도박이지, 비비, 도박. 포커.

비비 흥! 그건 훔치는 것보다 더 야비한 짓이야. 아니, 난 안 가.
(그녀는 테이블에서 일하기 위해, 유리문을 등지고 의자에 앉고
는 서류를 넘기기 시작한다).

프랭크 (애처롭게 항의하며) 하지만, 자기야, 비비, 정말 진지하게
대화하고 싶어.

비비 아주 좋아. 호노리아의 의자에 앉아. 여기서 얘기해. 차도 마
셨으니 십 분은 얘기하고 싶어. (그는 중얼거린다) 투덜대 봐야
소용없어. 난 매정해. (그는 우울해져서 맞은편 의자에 앉는다)
거기 담배 상자 주겠니?

프랭크 (상자를 밀며) 형편없는 여자들의 습관이지. 점잖은 남자

는 이제는 그거 하지 않아.

비비 그래. 사람들은 사무실에서 그 담배 냄새가 나는 걸 싫어하지. 그래서 우리는 시가렛*을 피워야 해. 봐! (상자를 열고 시가렛을 하나 꺼내서 불을 붙인다. 그에게도 하나 권하지만, 그는 얼굴을 찡그리며 고개를 젓는다. 자신의 의자에 편히 앉고는 담배를 피면서) 말해 봐.

프랭크 자, 네가 뭘 했는지, 어떤 준비를 했는지 알고 싶어.

비비 여기 도착하고 이십 분 만에 모든 게 정리됐어. 호노리아가 올해 사업이 엄청 잘돼서 나를 불러 파트너로 삼으려던 참에, 내가 들어와서 땡전 한 푼 없다고 말한 거야. 그래서 난 자리를 차지했고, 그녀를 두 주 동안 휴가가라고 쫓아낸 거야. 내가 떠난 후로 헤슬미어에선 무슨 일이 있었니?

프랭크 아무 일도 없었어. 네가 볼일 보러 시내에 나갔다고 말해줬지.

비비 그래서?

프랭크 그래서, 사람들은 어리둥절해서 아무 말도 못 했을 수도 있고, 크로프츠는 너희 엄마가 마음의 준비를 갖게 했을 수도 있지**. 어쨌든, 너희 엄만 아무 말도 안 했고, 크로프츠도 아무 말도 안 했

---

* 앞에서 말한 담배는 시가(굵고 긴 담배, cigar)를 말한 것이고, 지금은 작은 담배(cigaret)을 말한다. 물론 앞의 것이 향이 더 진하고 오래 남는다. 비비와 동료는 시가 상자에 시가렛을 보관한 것이다.

** 이 말로 보면, 그 사건 후 곧 크로프츠가 되돌아왔다는 걸 알 수 있다.

고, 프레디는 바라보기만 했고. 차를 마시고는 모두 일어나 가 버렸는데 그 후론 못 봤어.

비비 (담배연기로 만든 고리에 집중한 채 평온하게 고개를 끄덕이며) 그건 잘됐군.

프랭크 (못마땅해서 둘러보며) 이 형편없는 곳에서 붙박여 지낼 작정이니?

비비 (연기 고리를 단호히 불어 보내고는 똑바로 앉아) 그래. 근래 이틀 만에 힘과 냉정을 되찾았어. 내 평생에 다시는 휴가 가지 않을 거야.

프랭크 (심히 구겨진 얼굴로) 흠! 참 행복해 보이는구나. 공격적이기도 하고.

비비 (엄하게) 글쎄, 난 그런 사람이니까.

프랭크 (일어서며) 여기 봐, 비비, 우리 사이엔 해명이 필요해. 며칠 전 온통 오해한 채로 헤어졌으니. (그는 그녀 가까이 테이블 위에 앉는다).

비비 (담뱃불을 끄며) 자, 해명해 봐.

프랭크 크로프츠가 한 말 기억하지?

비비 그래.

프랭크 그 폭로는 우리가 서로에게 느끼는 감정을 온통 뒤바꿔 놨다는 기분이야. 그게 우릴 남매관계로 정리했다는 거지.

비비 그래.

프랭크 남자형제가 있니?

비비 아니.

프랭크 그럼, 남매간에 느끼는 감정이 어떤 건지 모르네. 난 지금 자매가 많아서 동기간에 느끼는 감정에 익숙해. 장담하건대 내가 너한테 느끼는 감정은 도무지 그런 게 아냐. 내 자매들은 저희 길을 가는 거고 난 내 길을 가는 거야. 우린 평생 안 봐도 전혀 상관 없어. 하지만 너로 말하자면, 난 너를 안 보곤 한 주일도 못 버티겠어. 이건 남매관계가 아니야. 내 감정은 크로프츠가 폭로하기 한 시간 전에 느꼈던 것과 똑같아. 요컨대 이건 젊은 연인들이 꿈꾸는 관계라고.

비비 (신랄하게) 프랭크, 너희 아버지가 우리 엄마한테 열광했을 때 느낀 것과 같은 감정이겠지?

프랭크 (너무 불쾌해서 잠시 테이블에서 미끄러져 내려서) 비비, 내 감정을 우리 아버지가 품은 감정과 비교하는 건 마땅치 않아. 너를 너희 엄마와 비교하는 건 더 그렇고. (앉았던 곳을 다시 차지하곤) 게다가 난 그 이야기를 믿지도 않아. 난 아버지한테 그 일을 책망했더니 부인하는 거나 다름없는 답을 들었어.

비비 뭐라고 하셨는데?

프랭크 오해가 확실하다고 하셨어.

비비 넌 아버질 믿니?

프랭크 크로프츠보다는 아버지의 말을 더 믿을 준비가 돼 있어.

비비 무슨 차이가 있니? 내 말은, 네 상상에서든 의식에서든 아무런 실질적 차이가 없다는 뜻이야.

프랭크 (고개를 흔들며) 뭣이든 나한테는 차이가 없어.

비비 나한테도 마찬가지야.

프랭크 (노려보며) 하지만 이건 너무 놀라워! (그는 자기 의자로 돌아간다) 그 짐승의 입에서 폭로가 쏟아지자마자 네가 그걸 받아들였으니, 나는 네 상상에서뿐만 아니라 의식에서도 우리 관계가 바뀐 거라고 생각하게 됐거든.

비비 아니야, 그게 아니야. 난 그 사람을 믿지 않아. 차라리 믿을 수 있으면 좋겠어.

프랭크 뭐라고?

비비 내가 보기엔 누나 동생 사이가 우리한텐 꼭 알맞은 관계야.

프랭크 진심이야?

비비 그래. 우리가 다른 관계가 될 수 있더라도, 이게 내가 바라는 유일한 관계야. 진심으로 말한 거야.

프랭크 (동틀 무렵 햇살을 보는 듯 눈썹을 치켜뜨고는, 기사도정신을 떠올린 듯 다정한 마음이 생겨서 일어나며) 자기야, 비비, 전에는 왜 그 말을 해 주지 않았어? 그동안 귀찮게 치근대서 미안해. 물론 이해해.

비비 (당황한 듯) 뭘 이해해?

프랭크 아, 난 보통의 의미에서는 바보가 아니야. 성서적 의미 즉,

지혜로운 남자들이 두루 겪어 본 후에야 비로소 바보짓이라고 판정하게 되는 모든 일을 하고 있다는 의미에서 바보일 뿐이지. 내가 더 이상 비범*의 도련님이 아니란 걸 알겠어. 경계하지 마. 다시는 널 비범이라고 부르지도 않을 게. 적어도 네 새 도련님한테 싫증나기 전에는 말이야. 걔가 누구든.

비비 내 새 도련님이라고!

프랭크 (확신하듯이) 새 도련님이 생긴 게 틀림없어. 늘 같은 방식이지. 사실 다른 방식도 없고.

비비 네가 생각하는 그런 게 아니야. 너한텐 다행이겠지만.

(누군가 문을 두드린다).

프랭크 누군지 우라질 인간이군.

비비 프레드야. 그 사람이 이탈리아로 떠나기 전에 작별인사하길 원해서 오늘 오후에 들러달라고 말해 뒀어. 가서 들어오시게 해.

프랭크 프레드가 이탈리아로 떠난 후에 우리 대화를 계속할 수 있어. 그 사람이 가도 난 있을게. (문으로 가서 열어 준다) 안녕하세요, 프레디? 뵈어서 반가워요. 들어오세요.

(프레드가 여행자 차림으로 활기차게 들어온다).

프레드 안녕하세요, 워렌 양? (그의 활기에 담긴 어떤 감상적인 면모가 신경에 거슬렸지만, 그녀는 프레드의 손을 정중하게 꽉 쥔

---

* 비범: 프랭크만 부르는 비비의 애칭으로, 그는 여태껏 비비를 수시로 이렇게 불렀다.

다) 홀본 바이어덕트역*에서 한 시간 내에 출발합니다. 같이 이탈리아에 가자고 설득하고 싶습니다.

비비 뭐 하려요?

프레드 뭐 하긴, 당연히 당신을 아름다움과 낭만으로 가득 채우기 위해서지요.

(비비는 몸서리를 치며 의자를 테이블로 돌린다. 마치 거기서 기다리는 일이 자기를 응원이라도 하는 것처럼. 프레드는 비비 맞은편에 앉는다. 프랭크가 의자를 가까이로 옮겨서 굼뜨게 그리고 조심성 없이 앉고는 프레드의 어깨너머로 비비를 향해 말한다).

프랭크 소용이 없어요, 프레디. 비비는 작은 속물이 됐어요. 얘는 내 낭만에도 무관심하고 내 아름다움에도 무감각한 걸요.

비비 프레드 씨, 딱 잘라 말해서, 제 삶에는 아름다움도 낭만도 없어요. 삶이란 있는 그 자체예요. 난 삶을 있는 그대로 받아들일 준비가 됐어요.

프레드 (열광적으로) 나와 함께 베로나와 베니스로 가면 그런 말을 하지 않을 겁니다. 그런 아름다운 세상에 살게 되어 감격해서 울 겁니다.

프랭크 이건 최고로 감동이군요, 프레디. 계속해요.

프레드 아, 장담하건대, 난 울었답니다. 또다시 울게 되길 바랍니

---

* 홀본 바이어덕트역: 런던 템즈강 북쪽의 역으로 당시엔 남쪽으로 통하는 기찻길의 출발역이었다.

다. 나이 오십에! 워렌 양, 베로나까지 갈 것도 없어요. 오스텐드*의 단순한 풍경에도 당신의 영혼은 날아오를 겁니다. 브뤼셀의 화려함과 활기, 행복한 모습이 보여 주는 매력에 빠질 겁니다.

비비 (지긋지긋해져서 탄성을 지르면서 튀어 오르며) 아!

프레드 (일어서며) 무슨 일이에요?

프랭크 (일어서며) 이봐, 비비!

비비 (프레드를 향해 통렬하게 책망하며) 브뤼셀 말고는 저한테 말해 줄 만한, 아름다움과 낭만의 더 나은 예를 찾을 순 없나요?

프레드 (어리둥절해서) 물론 브뤼셀은 베로나완 아주 다르지요. 난 한 순간도 그런 뜻이 아니었―

비비 (씁쓸하게) 아마도 두 도시에서 맞이할 아름다움과 낭만이 똑같겠지요.

프레드 (완전히 침착해져서는 크게 염려하며) 친애하는 워렌 양, 나는―(프랭크에게 캐묻듯이) 무슨 문제 있나?

프랭크 쟤는 당신의 열의에 심드렁한 거예요, 프레디. 심각한 소명**을 받았거든요.

비비 (날카롭게) 입 다물어, 프랭크. 어리석은 짓 그만둬.

프랭크 (내려앉으며) 이런 말이 예의에 맞다고 보시나요, 프레드?

프레드 (걱정하며 사려 깊게) 이 친구를 데리고 나갈까요? 워렌

---

* 오스텐드: 벨기에에서 가장 큰 해안도시.
** 심각한 소명: 프랭크의 표현은 크로프츠의 폭로를 연상케 한다.

양. 우리가 분명 당신 일을 방해하는가 봅니다.

비비 앉으세요. 전 아직 일로 되돌아갈 기분이 아닙니다. (프레드는 앉는다) 두 분은 제가 신경성발작이라도 일으킨 줄로 아시는군요. 전혀 아니에요. 괜찮으시면, 제가 포기하길 바라는 두 주제에 대해 말하렵니다.

그중 하나는 (프랭크를 향해) 실상이 뭐든 간에 젊은이들이 꿈꾸는 사랑이고, 다른 하나는 (프레드를 향해) 오스텐드와 브뤼셀이 보여 준다는 삶의 낭만과 아름다움이죠. 이 주제에 관한 환상은 두 분이나 가지세요. 전 관심이 없습니다. 우리 셋이 친구로 남고 싶으면 저는 일하는 여성으로 대접받아야 합니다. 영원히 싱글로서 (프랭크를 향해) 그리고 영원히 비낭만적인 존재로서(프레드를 향해) 말입니다.

프랭크 네가 마음을 바꾸지 않으면 나도 싱글로 남을 거야. 화제를 바꾸죠, 프레디, 무언가 다른 감동적인 화제로.

프레드 (자신 없다는 듯) 도대체 달리 얘기할 만한 화제가 없어서 안 됐네. 예술지상주의*야말로 내가 설교할 수 있는 유일한 것이네. 워렌 양은 성공지상주의**를 대단히 신봉한다고 아네. 하지만 우리는 자네의 감정을 다치지 않고는 논의할 수가 없어, 프랭크, 자네는 성공하지 않으려고 작정했으니 말이네.

---

* 예술지상주의: the Gospel of Art(예술이 전하는 복음).

** 성공지상주의: the Gospel of Getting On(성공이 전하는 복음).

프랭크 아, 제 감정은 신경 쓰지 마세요. 뭐라도 좋으니 저를 개량
시키는 충고를 해 주세요. 저한테 엄청 좋은 것으로 말입니다. 나
를 성공적인 남자로 만드는 시도를 한 번 더 해 봐, 비비. 어서, 전
부 다 해 보자. 활력과 검약, 통찰력, 자존감, 개성도 필요하지. 너
개성 없는 사람들 싫어하지 않니, 비비?

비비 (질겁하며) 아, 그만, 그만둬. 그 위선적인 말투는 끔찍하니
그만하자. 프레드 씨, 이 세상에 겨우 그 두 지상주의밖에 없다면
우리는 모두 죽어 버리는 게 나을 거예요. 왜냐하면 그 둘은 똑같
이 철저하고도 철저히 오염됐으니까요.

프랭크 (그녀를 못 마땅히 바라보며) 너한테 여태껏 부족했던 시
적(詩的) 재능이 오늘은 약간 생겼구나, 비비.

프레드 (항의하듯) 친애하는 프랭크, 자네 좀 무정하지 않나?

비비 (스스로에게 무정하게) 아니요, 저한텐 좋은 걸요. 그 말이
제가 감상적이 되는 걸 막아주니까요.

프랭크 (그녀를 놀리며) 자신의 강한 천성을 그런 식으로 자제한
다는 거지, 그렇지 않아?

비비 (거의 신경질적으로) 아, 그래, 계속해, 나를 더 몰아붙여봐.
내 삶에서 단 한 순간 감상적이었어. 달빛 때문에 아름답게도 감
상적이었지*. 하지만 지금은-

---

* 비비는 오두막에서 보낸 마지막 밤을 떠올린다. 그 밤에 모녀는 속마음을 털어놓은
직후, 커튼을 젖히고 창문을 열어 보름달빛을 받으며 서로에게 연민의 정을 느낀
적이 있다.

프랭크 (재빨리) 이봐, 비비, 정신 차려. 네 정체를 드러내지 마.

비비 아, 프레드 씨가 우리 엄마에 대해 모른다고 생각하니? (프레드를 향해) 그날 오전에 나한테 말씀해 주셨더라면 좋았을 거예요, 프레드 씨. 어쨌든, 섬세하다는 면에서 당신은 매우 시대에 뒤떨어진 사람이에요.

프레드 편견을 가졌다는 면에서 시대에 뒤떨어진 사람은 바로 당신입니다, 워렌 양. 저는 한 사람의 예술가로서 그리고, 가장 친밀한 인간관계는 법률*의 범위를 훨씬 초월한다고 믿는 사람으로서 이 말을 해 드려야 하는 입장입니다. 당신의 모친이 결혼한 적이 없는 분**이란 걸 알긴 하지만, 이것 때문에 그분을 덜 존경하는 게 아니란 점 말입니다. 나는 그분을 더 존경합니다.

프랭크 (쾌활하게) 들어 봐! 들어 보라고!

비비 (프레드를 노려보며) 아시는 게 그게 다예요?

프레드 확실히 그게 답니다.

비비 그럼 두 분은 아무것도 모르는군요. 당신들은 진실에 어둡기가 순진무구 자체로군요.

프레드 (놀라고 분개했지만 애써 정중함을 유지한 채 일어서며) 아니길 바랍니다. (더 단호히) 아니길 바라요, 비비 양.

---

* 이후의 문맥으로 보아 법률을 호적으로 바꿔도 무방하겠다.
** 프레드가 사용한 단어는 an unmarried woman(과거야 어떠하든 현재 혼인 중인 처지가 아닌 여자)이지만, 여기선 문맥상 워렌 부인이 미혼모(an unmarried mother)임을 의미한다.

프랭크 (휘파람소리로) 휴!

비비 제가 편히 말하게 두질 않으시네요, 프레드 씨.

프레드 (두 사람의 확신에 기사도 정신이 풀이 죽어서) 만약 더 나쁜 무언가가 있다면, 즉 뭐라도 있다면, 당신이 우리한테 말해 주는 게 옳다고 생각하십니까, 워렌 양?

비비 저한테 용기가 있다면 모든 이에게 사실을 말해 주는 데 온 생애를 써 버려야 하는 게 분명합니다. 사실을 털어놓아 그들이 마음에 새기고 강한 인상을 받게 해서, 그 안에 든 혐오스러운 것을 내가 내 몫만큼 느끼듯이 그들도 자기네 몫만큼 느끼도록 말이에요. 나로서는, 여자들이 이런 일들을 언급하는 걸 금함으로써 결국은 그 일들을 감싸 주는 사악한 인습보다 혐오스러운 것이 없습니다. 그런데 아직은 두 분한테 말할 수 없어요. 우리 엄마가 뭐하는 사람인지를 알려 주는 두 끔찍한 단어가 내 귀에서 울리고 내 입에선 튀어나오려하지만 그걸 입 밖에 낼 수가 없습니다. 두 단어가 주는 부끄러움 때문에 저는 너무나 소름끼칩니다. (그녀는 얼굴을 손에 묻는다. 두 남자는 놀라서 서로를 바라보다가 그녀를 지켜본다. 그녀는 절망적으로 다시 얼굴을 쳐들고 종이 한 장과 펜을 잡아챈다) 자, 설명문 초안을 적어 드리죠.

프랭크 아, 얘가 미쳤어. 듣고 있니, 비비? 미쳤다고. 이봐! 정신차려 봐.

비비 곧 알게 될 거야. (그녀는 쓴다) "납입자본: 지배주주 준남작

조지 크로프츠 경의 명의로 최소 사만 파운드. 브뤼셀과 오스텐드, 비엔나, 부다페스트에 소재한 부동산. 총지배인: 워렌 부인", 또 이젠 엄마의 자격면허 두 단어를 잊지 맙시다. (두 단어*를 쓰고는 종이를 두 사람에게 내민다) 거기! 아, 안 돼, 읽지 마세요, 읽지 마! (그녀는 종이를 되 낚아채선 찢어서 조각낸다. 그다음엔 두 손으로 머리를 꽉 잡아서 테이블에 얼굴을 숨긴다).

(비비가 쓰는 모습을, 눈을 크게 뜨고 어깨너머로 지켜보았던 프랭크가 주머니에서 카드를 하나 꺼내서 두 단어를 그 위에 적고는 조용히 프레드에게 건넨다. 프레드는 놀라며 그걸 읽고는 재빨리 자기 주머니에 넣는다).

프랭크 (부드럽게 속삭이며) 비비, 괜찮아. 네가 쓴 것을 봤어. 프레드도 봤고. 우리는 이해해. 이게 우리 기억에서 사라지더라도, 우린 남아서 정말 헌신적으로 네 편이 돼 줄 거야.

프레드 정말 그렇게 할 겁니다. 워렌 양. 당신은 내가 만난 가장 용감한 여성이라고 단언합니다.

(이 감상적인 칭찬으로 비비가 기운을 보탠다. 비비가 참지 못하고 부들부들 떨며 그 칭찬을 떨쳐내고, 테이블을 짚고서야 간신히 일어선다).

프랭크 원하지 않으면 움직이지 마, 비비. 마음을 다독여.

---

* 비비가 쓴 두 단어는 white slavery(백인 노예제)였을 것이다[4]. 이것은 보통의 노예가 흑인이었던 것에 대비한 표현이다. 결과로써 백인 여성들을 이용한 조직 매춘을 의미하기도 한다.

비비 고마워. 두 가지에 대해선 언제나 날 믿어도 좋아. 울지 않는 거랑 기절하진 않는 것 말이야. (그녀는 안쪽 방으로 통하는 문으로 몇 걸음 움직이고는, 프레드에게 말하려고 가까이에서 멈춘다) 제가 엄마한테, 우리가 결별할 시점에 이르렀다고 말해 줄 때에는 아까보다 더 큰 용기가 필요할 거예요. 괜찮으시면 이젠 매무새를 가다듬으러 잠시 옆방에 가야겠어요.

프레드 우린 그만 갈까요?

비비 아니에요. 곧 돌아올게요. 잠시만. (그녀는 그 방으로 향하고 프레드는 그녀를 위해 문을 열어 준다).

프레드 이 무슨 엄청난 폭로람! 크로프츠한테 대단히 실망했어. 정말 그래.

프랭크 난 전혀 아니에요. 그 사람이 마침내 설명되는 것 같은데요. 하지만 나한텐 예상치 못한 장애랍니다, 프레디! 난 이제 쟤랑 결혼할 수 없어요.

프레드 (단호하게) 프랭크! (둘은 서로를 바라보는데, 프랭크는 평온한 반면, 프레드는 매우 분개한다) 한마디 하겠네, 가드너, 자네가 지금 비비를 버리면 너무 비열하게 처신하는 거야.

프랭크 훌륭하신 어르신네 우리 프레디! 기사도적이시군요! 하지만 잘못 아셔요. 이건 도덕적 관점이 아닙니다. 이건 경제적 관점이에요. 난 이제 정말 저 늙은 여자의 재산에 접근할 수가 없다고요.

프레드 그럼 재산이 자네가 결혼하려던 목적이었나?

프랭크 달리 뭐가 있나요? 난 돈도 없고 돈을 벌 재능이 눈곱만큼
도 없어요. 비비랑 결혼하면 쟤가 날 먹여 살려야 하는데, 난 비비
를 고생시킬 만한 값어치가 없는 놈인 걸요.

프레드 하지만 자네 같이 영리하고 유망한 친구는 머리를 쓰면 얼
마쯤 벌 수 있겠지.

프랭크 아, 그래요, 약간은. (다시 돈을 꺼낸다). 어제 이 모든 걸
한 시간 반 만에 벌었어요. 하지만 투기사업으로 벌었죠. 아니에
요, 친애하는 프레디. 베씨와 조지나가 백만장자한테 시집가고,
아버지가 걔들한테 돈도 거의 주지 않은 채 걔들과 인연을 끊고
돌아가시면, 난 연간 400실링*을 받을 거예요. 그리고 아버진 일
흔까지는 죽지 않을 건데 재산을 불릴 만한 창의성도 모자라시
고요. 전 앞으로 이십 년간은 용돈이 부족할 거예요. 제가 도움을
줄 형편이면 비비가 부족하진 않겠지만요. 저는 씨름판을 부유한
청년들에게 넘기고 우아하게 물러납니다. 그렇게 정리되었습니
다. 이 점에 대해선 비비를 걱정하지 않습니다. 전 여기서 나가면
비비에게 간단한 편지를 보낼 겁니다. 쟤는 이해할 거예요.

프레드 (프랭크의 손을 잡으며) 자넨 좋은 사람이야, 프랭크! 오해해
서 진심으로 미안하네. 하지만 그녀를 다시는 보지 말아야 하겠나?

프랭크 다시는 안 본다고요! 이런, 정신 차리시죠. 가능한 한 자주

---

* 400실링은 20파운드이니 보통 노동자 연봉의 절반에도 못 미친다. 프랭크가 바라
는 삶 즉, 놀면서 살아가기에는 부족하다. 그것도 아버지가 죽은 후에나 기대할 수
있는 처지이다.

와서 비비 누나의 동생이 돼 줄 겁니다. 저는 당신네 낭만적인 사람들이 아주 평범한 일에서도 터무니없는 결말을 예상한다는 걸 이해할 수가 없습니다. (문에서 노크소리가 들린다) 이번엔 누군지 궁금하군요. 문 좀 열어 주시겠어요? 방문객이 고객이라면, 저보단 당신이 나서는 게 더 존중받는 기분이 들 테니까요.

프레드 그러지. (문으로 다가가 연다. 프랭크는 비비의 의자에 앉아서 편지를 갈겨쓴다). 친애하는 키티로군요. 들어오세요. 들어오세요.

(워렌 부인은 들어와서 비비를 찾느라 걱정스런 마음으로 둘러본다. 부인은 품위와 위엄을 갖추려고 최선을 다한다. 화려한 모자 대신에 수수한 보닛 모자를 썼으며, 화사한 블라우스는 값비싼 검은 실크 망토로 가렸다. 그녀는 불쌍해 보일 만큼 걱정하고 있으며, 불편해하는 데다가 뚜렷이 공황상태에 빠진 것 같다).

워렌 부인 (프랭크에게) 뭐야! 네가 여기 있다니.

프랭크 (쓰기를 멈추고 의자를 돌리지만 일어서진 않고) 뵙게 되어 기쁩니다. 봄의 숨결처럼 오셨군요.

워렌 부인 아, 허튼소리 그만두고 비켜. (낮은 목소리로) 비비는 어디 갔니?

(프랭크는 말없이 안쪽 방문을 의미심장하게 가리킨다).

워렌 부인 (털썩 주저앉고는 울음을 터뜨리기 일보직전이다) 프레디, 쟤가 날 보려 하지 않을 거라고 생각하지 않으세요?

프레드 친애하는 키티, 괴로워하지 마세요. 비비가 왜 안 보려 하겠어요?

워렌 부인 당신은 너무 순진해서 쟤가 안 보려는 이유를 절대 몰라요. 프랭크 군, 쟤가 자네한텐 뭐라던가?

프랭크 (편지를 접으며 의미심장하게) 쟤가 들어올 때까지 기다리시기만 한다면, 만나 드릴 수밖에 없지요.

워렌 부인 (겁이 나서) 기다리지 못할 이유가 뭐겠어?

(프랭크는 부인을 짓궂게 바라보고는, 비비가 잉크를 찍을 때 반드시 보도록 편지를 잉크병 위에 조심스럽게 얹어 둔다. 그다음엔 일어서서 부인에게 온전히 집중한다).

프랭크 친애하는 워렌 부인, 자신을 도로 위를 뛰어다니는 작고 예쁜 참새라고 생각해 보세요. 그때 도로포장용 증기롤러가 다가온다면 그냥 기다리시겠어요?

워렌 부인 아, 참새 얘기로 날 괴롭히지 마. 쟤가 헤슬미어에서 왜 도망쳤을까?

프랭크 말하긴 뭣하지만, 지각없이 기다리시면 쟤가 얘기해 줄 겁니다.

워렌 부인 넌 내가 가 버리길 바라니?

프랭크 아니요. 전 언제나 부인이 머물길 바라지요. 하지만 부인께 가 버리라고 조언하겠습니다.

워렌 부인 뭐라고! 그래서 다시는 쟬 보지 말라고!

프랭크 정확합니다.

워렌 부인 (다시 울음을 터뜨리며) 프레디, 프랭크가 나한테 못되게 굴지 못하게 해 줘요. (그녀는 서둘러 눈물을 자제하고는 눈 주위의 눈물을 훔친다) 내가 운 걸 알면 쟨 정말 화낼 거야.

프랭크 (다정한 체하지만 동정심이 약간은 생겨서) 프레디가 친절한 분인 건 아시죠, 워렌 부인. 프레디, 부인께 뭐라고 하시겠어요? 가시는 게 나을까요? 아니면 계시는 게 나을까요?

프레드 (부인을 향해) 불필요한 고통을 드려서 안됐습니다만 기다리지 않는 게 낫겠습니다. 사실은-(비비 오는 소리가 안쪽 문에서 들린다).

프랭크 쉿! 너무 늦었어요. 오고 있어요.

워렌 부인 내가 울었다고 말하지 말아 줘요. (비비가 들어온다. 신경질적으로 즐겁게 인사하는 어머니를 보고 비비는 근엄하게 멈춰 선다) 자, 애야, 드디어 나타났구나.

비비 와주셔서 반가워요. 드릴 말씀이 있거든요. 간다고 하지 않았니, 프랭크?

프랭크 그래. 저랑 함께 가시겠어요, 워렌 부인? 리치먼드공원에 소풍 가는 거 어떠세요? 그리고 저녁엔 극장에도 가고요. 거긴 안전하니까요. 증기롤러도 없고.

비비 쓸데없는 소리 하지 마, 프랭크. 우리 엄마는 여기 있을 거야.

워렌 부인 (겁에 질려서) 모르겠어. 아마 가는 게 나을지도. 우리가 네 일을 방해하니 말이다.

비비 (말없이 작심하고는) 프레드 씨, 프랭크를 데리고 나가 주세요. 앉아요, 엄마. (워렌 부인은 어쩔 수 없이 따른다).

프레드 나와, 프랭크. 안녕, 비비 양.

비비 (악수하며) 안녕히 가세요. 즐거운 여행하세요.

프레드 고마워요. 고마워요. 나도 그러길 바라요.

프랭크 (부인에게) 안녕히 계세요. 제 조언을 따르면 좋았을 텐데요. (부인과 악수한다. 그리곤 비비에게 쾌활하게) 안녕, 비비.

비비 잘 가. (프랭크는 그녀와 악수도 않고 즐겁게 나선다).

프레드 (슬프게) 안녕, 키티.

워렌 부인 (코를 훌쩍이는 소리로 울며) 우-운녕!

(프레드가 간다. 비비는 마음을 가라앉히고 아주 위엄 있게 호노리아의 의자에 앉는다. 그리곤 어머니가 말하길 기다린다. 부인은 가만있기가 무서워서 지체 없이 말하기 시작한다).

워렌 부인 자, 비비야, 무슨 일로 엄마한테 아무 말도 없이 사라졌니! 어떻게 그럴 수 있니! 그리고 불쌍한 조지한텐 무슨 짓을 한 거니? 난 함께 여기 오길 바랐는데 그 사람은 피하더구나. 그 사람이 널 대단히 두려워한다는 걸 알 수 있었어. 추측해 보면, 그 사람은 내가 여기 오길 바라지 않았던 거야. (파르르 떨며) 꼭 내가 널 무서워해야 할 것처럼 말이지, 얘야. (비비가 더 엄숙해진다) 하지만 물론 난 그 사람한테, 모든 게 다 해결되었고 우리가 편안하고도 친밀한 사이라고 말해 줬지. (갑자기 멈추곤) 비비, 이건 무슨 뜻이냐? (상업용 봉투 하나를 내밀고는 손가락을 떨며 내용물을 더듬어 찾는다) 이걸 오늘 아침에 은행에서 받았다.

비비 그건 이 달치 내 용돈이에요. 늘 하듯이, 며칠 전에 은행에서 저한테 보내 준 거죠. 엄마계좌에 넣어 두라고 은행에 되돌려준 것일 뿐이에요. 그리곤 은행에다 엄마한테 입금 영수증을 보내 드리라고 부탁했던 거예요. 앞으론 자립할 거고요.

워렌 부인 (알아들을 엄두가 나지 않아서) 돈이 충분하지 않았니? 왜 나한테 직접 말하지 않았니? (얼굴에 교활한 기색이 살짝 비치며) 두 배로 주마. 두 배로 줄 작정이었다. 얼마나 필요한지 말만 하렴.

비비 그거랑 아무 상관없는 거 아시잖아요. 지금부터 내 사업하면서 친구들과 내 길로 갈 거예요. 엄마는 엄마 길로 가세요. (일어선다) 안녕히 가세요.

워렌 부인 (일어서며 질겁하고는) 안녕히 가세요?

비비 그래요. 안녕히 가세요. 자, 우리끼리 쓸데없는 장면 만들지 맙시다. 엄마는 완벽히 잘 이해하잖아요. 조지 크로프츠 경이 사업에 대해 깡그리 털어놨다고요.

워렌 부인 (화가 치밀어 올라서) 이런 멍텅구리 영감탱이-(욕을 참 았지만 이미 뱉은 것에서 빠져나갈 구멍이 크지 않다는 걸 깨닫 자 얼굴이 새하얘진다).

비비 바로 그거예요.

워렌 부인 그 사람이 입을 다물었어야지. 하지만 난 모든 게 정리
된 줄로 알았다. 네가 상관없다고 말했으니.

비비 (확고하게) 잠깐만요. 난 상관있어요.

워렌 부인 하지만 내가 설명했잖-

비비 어떻게 시작했는지를 설명했죠. 여전히 진행 중이라곤 말 안
했죠. (앉는다).

(잠시 말이 없던 부인은 절망적인 심정으로 딸을 바라본다. 비비
는 속으로 전투가 끝났길 바라며 기다린다. 하지만 교활한 표정이
부인의 얼굴에 되살아나면서 부인은 테이블을 가로질러 몸을 구부
리고는 음흉하고 절박하게 반은 속삭이듯이).

워렌 부인 비비, 내가 얼마나 부잔지 아니?

비비 아주 부자란 걸 의심치 않아요.

워렌 부인 넌 너무 어려서 그게 무슨 뜻인지 몰라. 날마다 새 옷을
입을 수 있다는 뜻이고, 매일 저녁 극장과 무도회에 갈 수 있다는
뜻이고, 유럽의 모든 신사들로부터 선택받는 게 식은 죽 먹기란
뜻이고, 아름다운 집과 많은 하인들이 있다는 뜻이고, 먹고 마시
는 게 최고급이란 뜻이고, 좋아하고 원하고 생각하는 모든 것을
가질 수 있다는 뜻이란다. 그런데 네가 여기서 하는 건 뭐냐? 겨
우 목구멍에 풀칠이나 하고 일 년 내도록 싸구려 옷 두 벌로 버티
면서도, 아침부터 저녁까지 단순하고 판에 박은 일을 뼈 빠지게
하지. 생각해 보렴. (달래듯이) 네가 충격받았다는 걸 알아. 난 네

감정 속을 들여다볼 수 있어. 사람들은 널 높이 평가하겠지. 하지만 내 말 믿어라. 네 탓이라고 할 사람은 아무도 없어. 내 말 믿어다오. 요즘 젊은 여자애들이 어떤지 알아. 깊이 숙고하면 네가 그걸 더 잘 생각할 거란 걸 안다.

비비 일이 이렇게 돌아가는 거죠? 엄만 틀림없이 많은 여자들에게 똑같이 얘기했을 테죠. 아귀를 맞추려고 말이죠.

워렌 부인 (격렬하게) 내가 너한테 무슨 해로운 걸 시키더냐? (비비는 오만하게 몸을 돌리고 부인은 필사적으로 계속한다) 비비, 내 말 들어 봐라. 넌 이해 못 한다. 넌 고의적으로 잘못 교육받았다. 넌 세상의 참모습을 모른다.

비비 (관심이 쏠려) 고의적으로 잘못 교육받아요! 무슨 뜻이죠?

워렌 부인 모든 기회를 까닭 없이 걷어찬다는 뜻이지. 넌 사람들이 그런 척하는 걸 보고 실제로 그런 걸로 착각하고는, 학교와 대학에서 바르고 적절히 사고하라고 교육받은 방식을 진짜라고 생각하지. 하지만 이건 진실이 아니다. 이건 모두, 겁이 많아서 노예근성을 갖게 된 보통 사람들을 다독이기 위한 위장에 지나지 않는다. 넌 다른 여자들처럼, 나이 마흔이 되어 스스로를 내던져서 기회를 날리고 나서야 이걸 깨닫고 싶니? 아니면 너를 사랑하고, 이게 진실, 지상(至上)의 진실*이라고 맹세하는 네 엄마로부터 일찌감치 이걸 받아들이지 않을래? (절망적으로) 비비, 잘난 인물들

---

* 부인이 사용한 단어는 gospel truth(복음과도 같은 진실)이다.

과 영리한 사람들, 기업 경영자들은 모두 이걸 알지. 난 그 사람들과 애길 나눌 정도로 아는 사이인데, 너한테 소개해 줄 수도 있고, 너와 친구 맺게 해 줄 수도 있어. 뭔가 잘못된 걸 말하려던 게 아니야. 그건 네가 이해하지 못한 거야. 네 머릿속은, 나에 대해 아무것도 모르면서 가지게 된 생각으로 가득 찼어. 너를 가르친 사람들이 인생이나 나 같은 사람들에 대해 뭘 아니? 그 사람들이 언제 날 본 적이나 있으며, 나하고 얘기해 보기나 했으며, 누구든 나에 대해 얘기하도록 시켜나 봤겠니? 바보들이지! 내가 돈을 주지 않았더라면 그 사람들이 널 위해 뭐든 해 줬겠니? 내가 너더러 존경받는 사람이 돼야 한다고 말하지 않더냐? 내가 널 존경받을 만하게 키우지 않았니? 그리고 내 돈과 영향력, 리찌 이모의 친구들 없이 넌 무슨 수로 그런 처지를 유지할 수 있겠니? 날 배신해서 스스로 네 목을 가르고 내 심장을 찢어 놓는 게 안 보이니?[*]

비비 엄마, 난 삶에 대한 크로프츠의 철학을 알아차렸어요. 그날 가드너네 집에서 크로프츠한테서 직접 다 들었다고요.

워렌 부인 넌 내가 다 늙어빠진 술고래를 너한테 떠민다고 생각하지! 아니다, 비비야, 맹세코 아니다.

비비 그랬더라도 상관없어요. 엄마는 뜻을 이루지 못했을 테니까요. (부인은 애정을 담은 의도에 대한 반응이 냉담하다는 걸 알

---

[*] 부인은 이 대사에서 it(그것 또는 이것)을 모두 여섯 번 사용했는데 뜻은 하나가 아니다. 지금은 당황하고 흥분한 부인이 횡설수설하는 처지임을 감안하여 관객이 적절히 분별해서 들을 수밖에 없다.

고 깊이 상처받고는 주춤한다. 이 점에 대해 이해하지도 관심도 없는 비비는 조용히 계속한다) 엄마는 내가 어떤 부류의 사람인지 전혀 몰라요. 내가 크로프츠를 그와 같은 계급에 있는 그 어떤 상스럽게 체격 좋은 남자보다 더 싫어하는 건 아니에요. 난 오히려 그를 자기 나름으로 즐기면서 돈을 벌 만큼 과단성이 있다는 면에서 칭찬하는 편이에요. 그 사람은 남들처럼 사격하고, 사냥하고, 외식하고, 양복 맞추고, 빈둥거리며 지내진 않으니까요. 그리고 난 리쯔 이모와 같은 처지였다면 똑같이 했을 거란 걸 완전히 잘 알아요. 내가 엄마보다 더 편견이 많거나 엄격하다고 여기지도 않아요. 오히려 덜 그런 것 같아요. 내가 덜 감상적인 건 분명해요. 상류사회의 도덕성이 모두 위장인 것을 잘 알아요. 엄마 돈을 받아서 상류사회 사람들처럼 탕진하느라 내 여생을 전념한다면, 세상에서 가장 어리석은 여자만큼 쓸모없고 부도덕할 거란 것도 알고요. 아무도 그 점에 대해 내게 언짢은 말 한 마디 하지 않겠지만 말이에요. 하지만 난 쓸모없는 사람이 되고 싶지 않아요. 나는 공원을 부산스럽게 누벼선 안 돼요. 그건 양재사나 마차 만드는 사람을 광고해 주는 꼴에 불과하니까요. 음악엔 관심도 없으면서 오페라 극장에서 시간을 보내느라 지루함을 느껴서도 안 되죠. 그건 상점 진열창에 즐비한 각종 다이아몬드를 과시하는 꼴에 불과하니까요.

워렌 부인 (어찌할 바를 몰라) 하지만-

비비 잠시만, 아직 안 끝났어요. 그런 사업을 안 해도 사는 데 지장이 없으면서 왜 계속하시죠? 이모는 거기서 손을 뗐다고 말해 주셨잖아요. 왜 이모처럼 하지 않나요?

워렌 부인 아, 그게 네 이모한텐 아주 쉬웠지. 이모는 상류사회를 좋아하기도 했고 귀부인으로서의 풍채도 갖췄단다. 대성당 마을에 있는 내 모습을 상상해 보렴! 글쎄, 내가 성당의 무미건조함을 참아내더라도 나무 위의 까마귀나 날 알아볼까. 난 일도 자극도 필요해. 아니면 우울해서 미쳐 버릴 거야. 거기서 내가 달리 할 게 뭐 있겠니? 지금 삶이 나한텐 맞다. 난 이 일에 꼭 맞고 다른 일엔 맞지 않아. 내가 이 일을 하지 않으면 다른 사람이 할 걸. 그렇다고 이 일로 내가 무슨 해를 끼치는 것도 아니고. 그리고 이걸로 돈도 벌게 되는데 난 돈 버는 게 좋아. 안 돼. 소용없어. 난 포기할 수 없어. 누굴 위해서도. 하지만 네가 알아서 뭐 할 거니? 내가 말 안 할 거야. 난 크로프츠도 멀리할 거야. 너한테 폐를 끼치지도 않을 거다. 알다시피 난 한곳에서 다른 곳으로 끊임없이 옮겨 다녀야 한다. 내가 죽고 나면 넌 나한테서 벗어날 거다.

비비 아니요. 난 엄마 딸이에요. 난 엄마와 닮았어요. 나도 일해야 해요. 그리고 쓰는 것보다 더 많이 돈을 벌어야 해요. 하지만 내 일은 엄마 일이 아니고, 내 길도 엄마 길이 아니에요. 우린 헤어져야 해요. 이십 년 동안 겨우 몇 달 보는 거랑* 영영 안 보는 거랑

---

* 지금 비비는 엄마 없이 지낸 과거를 떠올린다.

별 차이가 없을 거예요. 그게 다예요.

워렌 부인 (눈물로 목이 멘 목소리로) 비비, 너하고 더 많이 함께 지내고 싶었다. 정말이다.

비비 소용없어요, 엄마. 감히 말하건대, 몇 방울 값싼 눈물과 애원에 엄마가 바뀌지 않는 것처럼 나도 바뀌지 않아요.

워렌 부인 (거칠게) 아, 엄마의 눈물을 값싸다고 하는구나.

비비 눈물에 돈이 드는 것은 아니잖아요. 그리고 그 대가로 엄마는 나한테 평생의 평온함과 고요함을 내놓으라는 거고요. 나하고 함께 지내는 게 엄마한테 무슨 소용이 있나요? 우리를 행복하게 만드는 무슨 공통점이 둘 사이에 있나요?

워렌 부인 (앞뒤 가리지 않고 자기 말투에 빠져들며) 우린 엄마하고 딸이야. 난 딸을 원해. 난 너한테 권리가 있어. 늙으면 누가 날 돌보겠니? 딸처럼 여겨지던 엄청 많은 여자애들이 떠나면서 울었지만 널 본다는 기대로 걔들을 모두 보내 줬단다. 난 너 하나 바라고 외롭게 지냈단다. 넌 이제 날 갑자기 비난할 권리도, 딸로서의 의무를 거부할 권리도 없다.

비비 (엄마의 목소리에 담긴 빈민가의 메아리가 귀에 거슬리고 반감을 일으켜서) 딸로서의 의무라고요! 지금쯤 우리가 그 지점에 이르러야 한다고 생각했어요. 이제 마지막으로, 엄마는 딸을 원하고 프랭크는 아내를 원하죠. 난 엄마도 남편도 원치 않아요. 난 프랭크를 쫓아 버리는 일에 있어서 걔나 나 자신한테 관대하지 않았어요. 내가 엄마한테는 관대할 거라고 생각하세요?

워렌 부인 (격렬히) 아, 네가 어떤 부류인지 안다. 자기한테나 어느 누구한테나 자비라곤 없지. 알고말고. 어쨌든 경험이 쌓이다 보니 나한텐 그런 능력이 생겼지. 난 보기만 하면, 위선적이고 독실한 체하며 매몰차고 이기적인 여자들을 감별할 수 있다. 자, 너는 너대로 살아라. 널 안 원한다. 하지만 이걸 들어 둬. 네가 다시 아기로 돌아간다면 내가 너한테 뭘 어떻게 할 것 같니? 그래. 위에 하늘이 있는 것처럼 명확하지.

비비 아마 내 목을 졸랐겠죠.

워렌 부인 아니. 너를 데려와 진짜 내 딸로 키울 거다. 자긍심에다, 편견에다, 나한테서 훔친 교육을 받은 지금의 너 말고 말이다. 그래, 훔쳤지. 할 수 있거든 부정해 보시지. 훔친 게 아니면 뭐냐? 너를 내 집으로 데려갔을 거다. 그러고 말고.

비비 (조용히) 엄마 집들 중 하나겠지요.*

워렌 부인 (비명을 지르며) 얘 말 좀 들어 보소! 제 어미의 잿빛 머리칼에 침 뱉는 소릴 들어 보소! 아, 네가 지금 어미를 찢어 놓고 짓밟듯이, 네 딸이 너한테 똑같이 할 때까지 살아 봐라. 넌 그럴 거다. 넌 그럴 거다. 제 어머니한테 저주받고도 행운을 차지하는 여자는 없었다.

---

* 비비는 엄마의 집이란 게 결국 여러 곳에 있는 업소 중 하나임을 일깨워서 엄마의 속을 뒤집어 놓는다.

비비 고함치지 않으면 좋겠어요, 엄마. 그래 봐야 내가 더 매몰차 지니까요. 자, 내가 알기엔 나는, 엄마가 지배했던 여자애들 중에 선행을 베풀어 주신 유일한 여자애지요. 이제 와서 선행의 결과 를 망치지 마세요.

워렌 부인 그래, 하늘이시여, 절 용서하소서. 맞는 말이다. 네가 날 졸지에 비난한 유일한 사람이다. 부당하다! 부당하고 부당해! 난 언제나 좋은 사람이 되길 원했다. 난 정직하게 일하려고 애썼고, 노예처럼 혹사당하고서야 거짓말 즉, 정직하게 일하면 반드시 보 상받는다는 말을 저주하게 되었다.* 훌륭한 엄마였고, 내 딸을 훌 륭한 여자로 키웠는데, 이 애가 날 문둥이 보듯 쫓아내는구나. 아, 삶을 다시 산다면 학창 시절 거짓말쟁이 목사한테 이걸 말해 줄 수 있을 텐데. 그래서 하늘이, 지금 이 순간부터 숨을 거둘 때까지 나를 나쁜 짓만, 오로지 나쁜 짓만 하게 도우시도록 말이다. 난 반 드시 이 일에 성공할 거다.

비비 그래요. 엄마의 방향을 택해서 그리로 가는 게 좋아요. 내가 엄마였으면 똑같이 했을 거예요. 하지만 난 이편의 삶을 살면서 저편의 삶을 믿지는 말아야 했어요. 엄마는 마음에서부터 인습적 인 여자예요. 그게 바로 엄마한테 지금 작별을 고하는 이유고요. 내가 옳지요, 아닌가요?

워렌 부인 (허를 찔려서) 내 돈을 뿌리치는 게 옳다고!

---

* 부인은 과거의 한 장면을 회상하는 동시에 그걸 회상하게 해 준 딸을 비난하고 있다.

비비   아니죠. 엄마와 결별하는 게 옳다고요. 그러지 않으면 바보일 테죠, 그렇지 않아요?

워렌 부인   (토라져서) 아, 글쎄, 그래, 네가 그렇게 나온다면, 맞겠지. 하지만 주여, 모든 사람이 올바른 일을 하기 시작할 때 세상을 도우소서*! 이젠 환대받지 못하는 곳에 있는 것보단 가는 게 낫겠다. (부인은 문으로 향한다).

비비   (친절하게) 악수도 안 하시게요?

워렌 부인   (딸을 치고 싶은 포악한 충동을 느끼며 잠시 사납게 노려보고는) 아니다, 사양하마. 잘 있거라.

비비   (감정을 보이지 않고) 안녕히 가세요. (부인은 문을 나서며 쾅 닫는다. 비비의 얼굴에서 긴장이 풀린다. 무거운 표정이 즐거운 만족감으로 분해된다. 그녀가 내쉬는 숨결에 반은 울음이 반은 안도의 웃음이 담긴다. 작업테이블의 자기 자리로 기운차게 돌아가서 전등을 약간 멀리 밀어 두고 종이 한 뭉치를 끌어당겨 두곤 잉크에 펜을 담그려다 프랭크의 편지를 본다. 그걸 무심코 펴서 재빨리 읽고는 그 안에 적힌 독특한 표현에 가벼운 미소를 보인다) 그리고 잘 가, 프랭크. (편지를 찢어서 잠시도 망설임 없이 휴지통에 던져 넣는다. 그리곤 서슴없이 일에 덤벼들자 곧 숫자에 빠져든다).

---

* 부인은 올바름을 고집하는 딸을 비웃는다.

옮긴이 덧붙이는 말

1. 왜 이 희곡을 옮기게 되었는가?

1893년에 쓰인 영국 희곡인《워렌 부인의 직업》에 내가 관심을 가지게 된 계기를 설명하려면 두 문필가 사이의 일화를 먼저 언급할 수밖에 없다.

언젠가 예술인들이 바티칸의 시스티나 성당을 찾았을 때의 일이다. 한 프랑스인이 턱수염이 긴 영국인에게 다가가서 누구시냐고 물었다. 상대가 천재임을 먼저 알아본 영국인은 '당신과 같은 천재'라고 대답했다. 다소 대담하고 도발적으로 여겨지는 답변을 들은 질문자는 어깨를 한 번 으쓱하더니 "하긴 매춘부도 스스로를 쾌락 상인이라고 칭할 권리가 있지요"라고 대답했다. 이 프랑스인은 아나톨 프랑스(1844-1924)이며, 아일랜드 출신 영국인은 조지 버나드 쇼(1856-1950)이다[4, 5].

나중에 쇼는 바티칸에서의 장면을 이렇게 회상했다.

나는 기분이 나쁘지 않았다. 예술가는 누구나 쾌락을 팔아먹고 사는 쾌락상인이지 현자나 철학자가 아니니까. 더구나 《워렌 부인의 직업》을 쓴 나로서는 매춘부를 예로 든 것이 전혀 낯설게 느껴지지 않았다. 그런데 그는 왜 하필 매춘부를 예로 들었을까? '제과점 주인도 자신이 쾌락상인이라고 칭할 권리가 있지요'라고 할 수도 있었을 텐데. 그것도 맞는 말이니까. 보석상을 예로 들어도 괜찮았을 것이다. 무역업자는 또 어떤가? 그들이 상점에서 파는 수백 가지 물건은 살아가는 데 없어도 그만이고 그저 미학적 가치만 있을 뿐이다. 이런 사람들이 더 쾌락상인에 가깝지 않을까? 사실 이렇게 얘기할 정도로 머리가 좋은 매춘부라면 쾌락상인이니 어쩌니 하는 말로 자신의 직업을 포장하지도 않을 것이다. 그리고 세간의 말 많은 아줌마들에게는 이렇게 항변할 것이다. "시집 안 간 당신 딸이 순결한 것도 다 나 같은 부류 덕분인 줄 알라고." 성적 만족은 사치가 아닌 필수라고 주장하면서 말이다. 다만 그 필수적인 행동이 세간의 말 많은 아줌마들이 목매는 규범과 조건에 반할 뿐이다[4].

이 예사롭지 않은 일화를 접한 나는 수필 한 편이 쓰고 싶어졌다. 시간이 흘렀지만 글은 되지 않았다. 그 이유가 일화에 나오는 희곡을 읽지 않았기 때문이라고 단정하게 되었다. 그러나 웬일인지 번역문[3, 6, 기도 원문[7]도 머리에 잘 들어오지 않았다. 곧 독서를 방해한 가장 큰 걸림돌이 돈 문제라는 게 드러났다. 이 희곡에는 유독 돈 이야기가 많이 나온다. 따라서 토마 피케티는 자신의 책[1]에서 발자크나 제인 오스틴의 소설 대신에 이 희곡을 예로 들 수 있었을 것이다. 가령, 비비를 수학 교과 시험에 마지못해 응시하게 만든 50파운드가 지금 가치로는 어느 정도인지 독자로선 궁금할 수밖에 없다. 워렌 부인이 바의 여급생활을 청산하고 매춘에 뛰어든 것도 돈 때문이다. 그녀는 새로운 직업에 투신하기 직전에 하루 열네 시간 술 나르고 잔을 씻는 대가로 숙식제공에다가 주당 4실링을 받았다. 한편 그녀의 이부자매인 앤 제인은 백연공장에서 납중독으로 죽기 전에 일당 1실링 6펜스를 받았다. 자매가 받은 급여의 현재 가치에 대한 정보 없이 그들의 절박한 처지를 130년 뒤의 우리나라 독자가 어떻게 이해하겠는가? 또한 크로프츠와 워렌 부인이 경기가 최악인 해에도, 매춘사업을 통해 벌어들인 연 수익률 35%가 도대체 어느 정도의 폭리에 해당하는지를 알려면 당시 안전한 투자의 수익률에 대한 정보가 있어야 한다. 이러한 사항을 이해하지 못하고서야 독자는 워렌 부인이 일에서 손을 떼지 못하는 이유에도, 두 사람에 대한 비비의 분노에도 공감할 길이 없다. 화폐가치와 투자수익률 등 당시 경제 상황을 짐작할 만한 정보가 역자 주에 담기지 못한 점이 마뜩찮았던 나는 쓰려던 수필은 밀쳐 둔 채, 쇼가 쓴 희곡을 이해하기 위한 방편으로 번역을 선택했다.

2. 조지 버나드 쇼는 왜 이 희곡을 썼는가?

쇼가 자신의 세 번째 희곡인 이 작품을 썼던 1893년은 빅토리아 시대의 막바지로서, 남성이 선거권을 가지게 된지 10년이 채 되지 않았다. 반면, 여성이 남성과 동등한 권리를 갖기 위해서는 아직 35년을 더 기다려야 했다. 물론 밀리센트 개럿 포셋(1847-1929, 제1막의 주에서 언급된 필리파 개럿 포셋의 어머니) 같은 선각자가 여성 참정권운동을 끈질기게 이끌지 않았더라면 더 오래 기다려야 했을 것이다. 이러한 환경은 작가가 여성을 사회적 약자라고 보도록 하는 데 다소 영향을 미쳤을 것이다. 그가 당시 여성들이 처한 현실을 어떻게 바라보았는지를 말해 주는 두 대목을 들어보자.

자본주의 체제하에서 여성들은 남성들보다 훨씬 열악한 처지에 있었는데, 자본주의가 남성들을 체제의 노예로 만들었다면 여성들은 그런 남성들의 노예가 되어 결국 노예의 노예라는 최악의 상황에 놓였다[8].

여성에게 정조를 지키라고 말하는 것은 쉽지만 그것의 대가가 굶주림이라면, 그것을 포기하면 즉시 안락함이 주어진다면 그런 강요는 별 설득력이 없다.
인 중독으로 인한 피부 괴사의 위험을 감수하면서 한 시간에 2.5펜스를 받고 성냥 공장에서 일하거나 부유한 남성으로부터 귀여움을 받

으며 안락하게 지내는 것 중 하나를 선택하라고 어느 예쁜 처녀에게 제안한다면 후자로 선택이 기울 가능성이 농후하다. 빅토리아 시대 고용주들은 그런 짓들을 했고 전 세계의 고용주들도, 사회주의적인 법에 의해 제동이 걸리지 않는 한, 여전히 그런 짓들을 하고 있다[8].

쇼는 여성의 처지를 취약하게 만드는 데는 빈곤뿐만 아니라 교육의 부재도 한몫했다고 본 듯하다. 작가는 이 연극에서 새로운 두 여성상 즉, 교육을 별로 받지 못했지만 나름의 주관으로 삶을 개척해 나간 워렌 부인과, 22세의 딸 비비를 주요인물로 등장시킨다.

워렌 부인은 외모가 출중하면서 빈곤층에서 벗어날 길이 없는 여성이 드물지 않게 택하는 길 즉 매춘에 뛰어든다. 그런 삶 가운데에서도 딸 비비를 잘 교육시켜 결국 케임브리지 대학까지 졸업시킨다. 그녀는 딸에게 직업도, 사는 곳도, 아버지가 누구인지도 밝히지 않는다. 게다가 자신의 평범하지 않은 삶과는 달리 딸을 좋은 혼처에 결혼시켜 번듯하게 살게 하고 싶은 어머니는 딸에 대한 지배력을 놓으려 하지 않는다. 이러한 속박에서 벗어나고 싶어 하던 참에 비비는 어머니가 조직 매춘업의 총지배인이라는 사실을 알게 된다. 상대편의 삶을 자신의 논리에 따르도록 이끌려는 두 여성의 갈등이 극의 끝까지 치닫는다.

한편 이 극에는 관계가 불편한 부자인 가드너 목사와 프랭크도 나온다. 이 장면은 셰익스피어의 《리어왕》에서 리어왕과 셋째 딸

코딜리아의 갈등과 더불어 글로스터 백작과 그의 맏아들 에드거의 갈등이 중첩되는 점을 떠올리게 한다. 게다가 탐욕스러운 자본가를 대변하는 크로프츠 준남작, 종교인의 무능과 위선 뒤에 숨은 가드너 목사, 남에게 빌붙어 살려는 젊은이 프랭크, 나약해 보이는 이상주의자 프레드, '비비의 아버지는 누구인가?'라는 질문과 관련한 근친상간에 대한 염려 등 당시 영국의 기득권층이 불편해할 만한 소재를 두루 담았다. 따라서 이 작품이 당시 대중과 평론가들에게 호의적으로 받아들여지기는 어려웠다.

그런데 쇼가 이 연극을 쓴 것은 조직매춘의 실체를 드러내어 결국은 이것을 근절시키는 계기가 되기를 바랐기 때문이다. 작가의 이러한 취지를 더 잘 이해하기 위해서 그의 목소리를 직접 들어 보자.

나는 나를 곤란하게 만든 첫 번째 작품에서, 매춘이 알고 보면 경제 현상의 일부라는 것을 밝혔다. 사람들은 매춘의 원인을 성적으로 방탕한 여자와 그런 여자를 찾는 남자 고객 탓으로 돌리곤 하는데 실제로는 그렇지가 않다. 성실한 여성은 합당한 보수를 받지 못해 모멸감을 느끼고, 매춘부는 과분한 보수를 받으며 사치스럽게 사는 것이 현실이다. 따라서 가난하지만 약간의 매력이라도 있는 여성이 스웨터 공장에서 시간당 2펜스를 받으며 하루에 16시간씩 일하거나 인 중독의 위험을 무릅쓰고 주당 5실링을 받으며 성냥 공장에서 일하는 대신, 거리로

나가 몸을 파는 것은 순전히 자존심 때문이다. 바로 이와 같은 경제적 이유에서 매춘이 발생한다. 당시 그러한 사실을 폭로하는 것이 얼마나 필요했는지는 몇 년 뒤에 발생한 일련의 사건을 통해 입증됐다. 추잡한 자본가들이 만든 국제 매춘조직, 일명 화이트 슬레이버리가 어쩌나 기승을 부리는지 정부가 손쓰지 않으면 안 될 지경에 이른 것이다. 하지만 정부의 대응책이라고는 남자 포주를 태형에 처한 것이 전부였다. 매춘사업의 독점권을 여자 뚜쟁이에게 넘겨준 결과만 됐다. 이를테면, 워렌 부인 같은 사람한테 말이다. 《워렌 부인의 직업》이 금지되지만 않았어도, 사람들은 매춘에 대해 더 잘 이해했을 것이다. 또한 그렇게 말도 안 되는 대책을 내놓지도 않았을 것이다[4].

얼마 전 우리나라의 한 미혼모가 분윳값을 벌기 위해 그 '직업'에 나선 동안, 빈방에 홀로 남겨진 아기를 숨지게 한 사건이 발생했다. 이 여성은 아동학대 치사 등의 혐의로 기소되었다가 집행유예선고를 받았다고 한다. 미혼모 사건의 재판부는 '범행의 결과를 놓고서 피고인만을 사회적으로 강도 높게 비난하는 것은 타당하다고 볼 수 없다'라는 양형 이유를 밝혔다. 재판부의 목소리에는 130년 전 쇼가 내지른 외침의 잔향이 실렸다는 느낌은 옮긴이만의 것일까? 앞으로 130년 후에는 세상 돌아가는 형편이 얼마나 달라질지 궁금하다.

3. 작가의 사과문 혹은 희곡의 서문

매춘이라는 여성 직업을 중심으로 자본주의의 병폐를 파헤친 이 희곡은 1924년 완전히 해금될 때까지 영국에서는 불온하다는 이유로 공연이 금지되었다. 1902년 1월, 이틀에 걸친 두 번의 공연 즉, '스테이지 소사이어티'라는 단체가 회원만을 상대로 한 사적인 공연을 제외하면 말이다. 이후로 작가는 대중과 검열기관으로부터는 '부도덕하고 파렴치한 작가'로 낙인찍힌 반면, 진지한 독자들 사이에서는 명성이 매우 높아졌다[4].

1902년 공연 직후, 쇼는 〈작가의 사과문〉이라는 제목으로, 희곡 분량의 약 삼분의 일에 해당하는 긴 글을 발표했는데, 글은 이후 이 희곡의 서문 역할을 하게 되었다. 작가는 글에서 상연이 무려 8년이나 늦어지게 된 점에 대해 사과했다. 하지만 이게 다 당국의 검열 탓이라며 불만을 드러내는 것이 글의 주된 동기였다. 뿐만 아니라 쇼는 좋은 극 혹은 의미 있는 극에 대한 식별능력이 없는 세상의 안목에 대해서도 불평했다. 가령 말초신경을 자극하는 극은 버젓이 상연허락을 받는 반면에 조금이라도 사회의 문제를 고발하고 개선을 부추기는 극 즉, 대중의 의식을 일깨우는 극은 반드시 외면을 당하게 되는 현실을 비판했다.

나는 이 글을 뒤늦게 발견하고[5] 번역에 착수했으나 일이 자신의 능력을 벗어난다는 사실을 깨닫고 중단하고 말았다. 글을 제대로 옮길 전문가를 기다리는 편이 낫겠다는 자각이 생겼기 때문이다. 연극에 대한 쇼의 애정과 사상이 온전히 담긴 글이 번역될 날을 손 꼽아 기다린다.

4. 번역과정에 대하여

참고문헌 [10]을 사용해서 마련한 초고를 친구들에게 보였다. 그 중 몇이 관심을 보이며 독회를 갖자고 제안해왔다. 원고를 향상시키는 데 도움이 될 거라면서 말이다. 곧 2022년 4월 15일 전광민의 영월 가재골 집에 모였다. 배역은 제비뽑기로 다음과 같이 정했다.

워렌 부인 역: 이건명
프랭크 역: 주원종
가드너 목사 역: 전광민
비비 역: 배경희(전광민의 부인)
프레드 역: 옮긴이
크로프츠 역: 유정자(옮긴이의 부인)

독회에는 네 시간보다 더 걸렸는데 이것은 쇼가 예상한 공연시간 100분에 비하면, 역자 주를 읽은 시간을 감안하더라도 너무 길었

왼쪽부터 유정자, 이건명, 주원종, 전광민, 배경희, 웨인

다. 곳곳에서 지적된 '이해되지 않는 부분'은 대체로 옮긴이도 동의
하는 부분이었다.

또한 옮긴이는 생소한 단어를 선택한 일에 대해 독자로부터 불평
도 들어야 했다. '오두막, 이엉, 모친, 한가위, 본데없이, 도련님, 천
방지축' 등이 그들이다. 요즘 이런 단어는 쓰는 사람도 알아듣는 사
람도 없다는 게 이유였다. 옮긴이로서는 납득하기 어려운 불평이었
다. 그런 단어를 독자들이 사용하지 않는다는 말에 동의하기가 어
려웠을 뿐만 아니라, 낯설게 느끼는 독자가 있다고 해서 멀쩡한 우
리 낱말을 작가가 쓰지 않으면 과연 우리말이 발전해 나가는 데 도
움이 되겠느냐는 반감이 생겼기 때문이다. 근래에 '오빠'와 '언니'뿐
만 아니라 '대박' 등 많은 우리 낱말이 옥스포드 영어사전에 등재되

었다고 한다. 남의 낱말도 자기네 것으로 받아들이는 나라가 있는데, 우리 것도 제대로 활용하지 못한대서야 말이 되겠는가? 문학 작품 특히 서양문학 작품을 올바로 읽기 위해서는 노고가 따를 수밖에 없다. 그렇다고 해서 사전을 찾는 일이 그리 독서를 방해할까? 문학작품을 통해 작가와 독자는 작품의 주제에 대한 소통에 주로 관심이 있을 테지만, 언어생활을 풍요롭게 하는 일도 간과할 수는 없다. 한편 '집으로 손님을 초대한 경우, 늘 도우미 노릇만 하다가 뭔가 생산적인 일에 참여할 수 있어서 뿌듯함을 느꼈다'는 안주인의 감상은 옮긴이에게 위안을 주었다.

두 번째 독회는 같은 해 6월 5일 서울 성북구 삼선교 근방의 어느 주택가에서 가졌다. 주원종의 주선으로 참석하게 된 사람들은 배우 홍윤희 씨가 이끄는 십여 명의 젊은 연극인들이었다. 모임의 구성원 사이에는 원고를 사전에 읽지 않기로 약속이 되어 있다고 했다. 나로선 그런 약속이 왜 필요한 것인지 궁금했지만 물어보지는 않았다. 게다가 두 시간 안에 독회를 마쳐야 한다는 시간제약 때문에 과연 이들이 희곡을 제대로 이해하고 읽는지도 궁금했는데, 때맞춰 터져 나오는 탄식과 웃음으로 보아 극의 큰 흐름은 파악하는 것 같았다. 하지만 옮긴이는 곳곳에서 대사가 자연스럽지 못하다는 평을 들어야 했다. 이러한 지적은 옮긴이에게 그다지 부담을 주지 않았다. 왜냐하면 오역이나 줄일 수 있으면 다행이라는 입장으로선 '무대에 어울리는 대사'를 구현하는 것은 남의 일로 여겨졌기 때문이다. 그 방면으로 보자면 연극인으로선 할 일이 남은 셈이니 그리 아쉬워할 일만은 아닐 것이다. 가령, 제2막에서 프랭크가 비비의 외모를 폄하하자, 워렌 부인이 한 말 '얼굴에 뻔뻔함이 덕지덕지 붙었구나'를 무대에서는 '낯짝도 두껍구나'로 줄여도 무방할 것이다. 옮긴이가 그렇게 하지 않은 이유는 해당하는 원문이 무척 길었기 때문이다. 어떤 표현을 매체에 따라서 다른 모습으로 옮기는 것은 자연스럽다고 인정할 수밖에 없겠다.

두 번의 독회 후, 시간이 흘렀지만 원고를 개선하는 일은 멀게 느껴졌다. 이 일에 전기를 마련해 준 게 ChatGPT라는 대화형 인공지능의 등장이다. 내가 그 존재를 알게 된 것은 출산휴가를 받아서 귀국한 작은 아들을 통해서였다. 인류의 삶을 획기적으로 바꿔 줄지 모른다는 아들의 의견에도, 시대에 뒤떨어져 살던 사람으로서는 반응이 미적지근할 수밖에 없었다. 곧 봇물 터진 듯이 언론에서 쏟아져 나온 관련 소식을 접하고서야 나는 자세를 바꾸었다. 그러나 사용해본 결과, 이 도구는 쇼의 작품을 우리말로 직접 번역하는 데는 아무 도움이 되지 않았다. 하지만 문장의 뜻을 이해하는 과정에서 생긴 의문에 대해 문답하는 과정을 되풀이하면서, 초고를 개선하는 데 나름의 도움(?)을 받았다. 물론 불안한 구석도 있다. 가령, 인공지능은 제2막에서 프랭크가 워렌 부인과 크로프츠 앞에서 암송한 시를 제프리 초서의 작품이라고 답하기도 했다. 또한 제1막에서 크로프츠가 창문 밖으로 고개를 내밀고 말을 쏟아낸 후, 프랭크가 프레드를 보고 '잘 차려입은 모습으로 보건대 애완견 대회에서 상 좀 타 본 사람 맞죠?'라고 묻는 대목을, 인공지능은 '은유적 표현으로서 프랭크가 크로프츠의 용모를 칭찬한 말'이라고 답했다. 그냥 직설적인 표현으로 볼 수 있는 것 아니냐고 되묻자, 인공지능은 싹싹하게 '동의한다'란 답을 내놓았다. 얼마나 믿을 만한지를 알지 못하는 상대로부터 도움을 받는 일에는 그게 사람이든 기계든 의문부호를 붙일 수밖에 없다는 점을 절감했다.

짧은 수필 한 편을 쓰려다가 제법 긴 글을 쓰게 되었다. 초고를 읽는 데 동참해 준 두 독회의 참석자에게 고맙게 생각한다. 또한 옮긴이의 손위 동서인 최태준 씨도 원고를 읽고 의견을 주었다. 한 독자는 비비와 워렌 부인 사이의 대화가 젊은 시절의 자신과, 친정어머니나 시어머니와의 대화를 연상케 했노라고 고백했다. 독서를 통해 자신의 삶을 떠올리게 되었다는 독자의 감상만큼 작가를 격려하는 말도 드물 것이다. 두 분께도 감사드린다.

참고 문헌

[1] 《21세기 자본》, 토마 피케티, 장경덕 외 역, 글항아리, 2014

[2] 〈Who was Phillipa Summers? Reflections on Vivie Warren's Cambridge〉, Shaw, Vol 25, pp 89-95, Penn State University Press, 2005

[3] 《워렌 부인의 직업》, 조지 버나드 쇼, 김우진 역, 미완성본, 자유이용 저작물, 1926년 이전

[4] 《쇼에게 세상을 묻다》, 조지 버나드 쇼, 김일기, 김지연 역, 뗀데데로, 2014

[5] 《버나드 쇼- 지성의 연대기》, 헤스케드 피어슨, 김지연 역, 뗀데데로, 2016

[6] 《워렌 부인의 직업》, 조지 버나드 쇼, 조용재 역, 한국문화사, 2000

[7] 《워렌 부인의 직업》, 조지 버나드 쇼, 정경숙 역, 동인, 2001

[8] 《지적인 여성을 위한 사회주의 자본주의 안내서》, 조지 버나드 쇼, 오세원 역, 서커스, 2021

[9] 《Mrs Warren's Profession》, Public domain(자유 이용 저작물)

[10] 《Mrs Warren's Profession》, 조지 버나드 쇼 BOOKK(부크크), 2019

위렌 부인의 직업

ⓒ 조지 버나드 쇼, 2023

초판 1쇄 발행 2023년 5월 1일

지은이   조지 버나드 쇼
옮긴이   이원경
펴낸이   이기봉
편집   좋은땅 편집팀
펴낸곳   도서출판 좋은땅
주소   서울특별시 마포구 양화로12길 26 지월드빌딩 (서교동 395-7)
전화   02)374-8616~7
팩스   02)374-8614
이메일   gworldbook@naver.com
홈페이지 www.g-world.co.kr

ISBN   979-11-388-1853-7 (03810)